ROSALIND BROWN

ÜBUNG

ROSALIND BROWN

ÜBUNG

ROMAN

Aus dem Englischen
von Eva Bonné

Blessing

Das Buch erscheint unter dem Titel PRACTICE
bei Weidenfeld & Nicolsen / The Orion Publishing Group, London

Zitiert wird aus:

John Keats: »Ode an die Nachtigall«, in: *Englische und amerikanische
Dichtung 2. Von Dryden bis Tennyson.* C.H. Beck, München 2000, S. 315.

John Keats: »An den Herbst«, s.o., S. 319.

William Shakespeare: *Die Sonette.* Englisch und in ausgewählten
deutschen Versübersetzungen. Reclams Universal-Bibliothek Nr. 9729,
Ditzingen 1974 (2014).

Virginia Woolf: Tagebücher 3. Fischer Verlag,
Frankfurt a. M. 1999, S. 440.

Penguin Random House Verlagsgruppe FSC® N001967

1. Auflage, 2024
Copyright © 2024 by Rosalind Brown
und Karl Blessing Verlag, München,
in der Penguin Random House Verlagsgruppe GmbH,
Neumarkter Str. 28, 81673 München
Redaktion: Friederike Arnold
Umschlaggestaltung: FAVORITBUERO, München
Umschlagabbildung: Originalübernahme © Alex Merto
Satz: satz-bau Leingärtner, Nabburg
Druck und Bindung: Pustet, Regensburg
Printed in Germany
ISBN: 978-3-89667-754-9
www.blessing-verlag.de

Für meine Eltern

Die enge Zelle stört die Nonne nicht,
dem Eremit die Klause wohl gar tut,
auch in des Türmers Stub' studiert's sich gut,
und glücklich ist, wer webt und Kränze flicht
in seiner Kammer. Hoch steigt auf ins Licht
die Biene, die des Fjälles Blüten sucht,
doch immerfort summt's hier im Fingerhut:
Ja, das Gefängnis, das erwählt' man sich,
wenn frei man wählte, kein Gefängnis ist!
Erholung war es mir, wenn ich mich band
an des Sonetts bescheidnes Stückchen Land.
Die lob ich mir, die fühlend das Gewicht
von zuviel Freiheit, kurz mal trösten sich
durch ein Sonett, ach oft so Trost ich fand!

William Wordsworth
(übertragen von Dietrich H. Fischer)

Oxford
2009

Der Wecker klingelt.

Eine kleine Spinne in der dunklen Zimmerecke könnte sehen, wie sie sich im Bett bewegt und dann langsam und klaglos eine Hand auf den Wecker legt. Er verstummt.

Sie stößt ein leises, kehliges Grunzen aus. Tastet vorsichtig nach dem Lampenschalter und drückt darauf. Als das Licht angeht, zucken alle Gegenstände im Zimmer zusammen, als wäre es nicht fast jeden Morgen dasselbe, sechsmal pro Woche.

Sie setzt sich auf, greift nach dem Wasserglas und trinkt einen schalen Schluck.

Sechs Uhr an einem Sonntagmorgen im abgenutzten Spätjanuar.

Sie holt tief Luft, stellt die Füße auf den Boden und erhebt sich. Schaltet den Wasserkocher ein und verschwindet im Bad, während das Brodeln immer lauter wird. Sie sitzt da und spürt, wie ihr Becken sich leert. Und dann wieder hinaus, mit der Spülung.

Sie verschiebt den Riegel, drückt die Fensterflügel auf und steckt den Kopf in den dunklen, gefrorenen Morgen hinaus. Die Luft riecht eiskalt. Das Fenster noch vor Tagesanbruch zu öffnen, ist ihr kleines Geheimnis. Es ist wie der Anfang eines Romans, oder vielleicht das Ende: Irgendwo hoch oben im College ging ein Licht an, ein Vorhang wurde beiseitegezogen und ein Fenster geöffnet. Weil alle noch schliefen, sah niemand, wie eine Frau mit Flechtfrisur den Kopf hinausreckte, tief einatmete und in den dunklen Garten blickte. Niemand sah, wie sie anmutig erschauderte und das Fenster wieder schloss.

Sie trägt den Teebecher und das Wasserglas zum Schreibtisch und schaltet die zweite Lampe ein, und sofort kommt das Zimmer zur Ruhe; Licht aus zwei Richtungen, das spricht für ein Beleuchtungssystem.

Auf dem Regal stapeln sich Bücher. Sie nimmt das oberste herunter – ein kleiner, roter Band mit Shakespeares Sonetten – und legt es mitten auf den Schreibtisch. Dreht sich um und schaltet abermals den Wasserkocher ein.

Sie hängt einen Beutel Pfefferminztee in den bereitgestellten Becher und wartet neben dem aufbrausenden Wasserkocher, bis der Hebel triumphierend in die Höhe springt. Sie hebt den Behälter an und positioniert die Tülle vorsichtig über dem Becher. In den nackten Füßen ein Kribbeln bei dem Gedanken, sie könnte etwas verschütten und sich verbrühen. Der Teebeutel steigt mit dem heißen Wasser in die Höhe, schaukelt, saugt sich voll und gibt seinen Geschmack frei.

Die Heizung wird vorläufig ignoriert. Das Zimmer soll kalt, dämmrig und vollkommen still sein. Am Thermostat wird sie erst drehen, wenn die Kälte alle angelegten Schichten durchdrungen hat, das Sweatshirt und die Strickjacke, die dicken Socken und die Fleece-Hausschuhe ebenso wie die hellblaue Decke, die im Laufe des Vormittags verschiedene Positionen einnehmen wird: strategisch um Hüfte und Oberschenkel gewickelt; abgestreift über der Stuhllehne, während sie sich das Frühstück macht; eng um den Leib gewickelt, nachdem sie eine Schale Müsli mit kalter Milch gegessen hat.

Nun denn. Ihr Blick wandert ruhig über den Schreibtisch und durchs Zimmer. Hat sie irgendwas vergessen.

Eigentlich möchte sie noch einmal das Fenster öffnen. Sie möchte wissen, wie genau sich das *kalte blaue Licht* anfühlt, sie möchte keine Phase der *langsamen Dämmerung* verpassen, des *widerwilligen Wintermorgens* …

»Annabel, hör auf«, sagt sie sanft. Ihre weltliche Stimme erinnert sie daran, dass diese Sätze von nirgendwo stammen und für nichts die Verantwortung übernehmen. In ein paar Stunden ist es taghell, in der Ferne werden träge Glocken läuten, irgendwann werden auf dem Flur Türen geöffnet und geschlossen und die Leute werden ihren Sonntag beginnen, aber bis dahin kann sie hier sitzen und in aller Ruhe arbeiten, bis in den Vormittag hinein.

Sie schüttelt die Decke aus, wickelt sie sich um die Taille und nimmt Platz. Zieht das Lesezeichen aus dem Buch: Sonett 49. Für jene Zeit (käm je die Zeit heran). Für jene Zeit vergrabe ich mich hier. Für sie bedeutet *jene Zeit* ganz konkret *bis morgen Nachmittag*, denn dann ist das Essay fällig. Schon bald wird sie eine These aufstellen und mit Zitaten belegen müssen. Doch fürs Erste wird sie lesen, ganz ohne Eile, und nach einem Thema Ausschau halten. Sobald es sich einmal herauskristallisiert hat, muss sie zweckgebunden lesen, aber bis dahin kann sie einfach nur lesen.

Dies ist die Stille ohne Handy und ohne Computer. Beide Geräte sind ausgeschaltet und halten einen großzügigen Abstand zum Schreibtisch ein, damit sie ihr nicht so früh am Morgen das Denken kräuseln. Auf dem Regal stehen unverzichtbare und verzichtbare Bücher, ihre abgehefteten Notizen, Kaffee-Utensilien, eine kleine Teekanne und eine Tüte mit losem Tee. Sie würde von sich behaupten, dass sie alles, was sie macht, sehr gründlich macht. Getrocknete Kamillenblüten in einem luftdichten Glas. An den Wänden keine Poster, nur einige kleine Drucke, wie sie in Italien an Touristen verkauft werden. Am Fenster ein winziger Kaktus – weißes, akkurates Stachelmuster auf grünem Fleisch – in einem von zu Hause mitgebrachten Übertopf.

Für einen ersten Eindruck kann man jedes Shakespeare-Sonett in einer oder zwei Minuten lesen. Für eine vorläufige Analyse braucht es fünf bis sechs Minuten. Die Schwierigkeit besteht darin, die Sonette auseinanderzuhalten. Offenbar heben sie einander auf: Plötzlich ist nicht mehr jenes gültig, sondern dieses. Sie verschmelzen zu einer Masse aus Merkmalen, Wendungen, Besonderheiten, Andeutungen, Vorwürfen und Ausflüchten. Besondre Stunde bringt besondre Gnade. Die leide Zwischenzeit sei Ozean. Auch schelt ich nicht der Stund endlose Dauer. Wie die winzigen Rädchen eines großen Mechanismus rasten immer neue Bezüge ein. *Komplex* wäre eine passende Beschreibung, oder auch *ermüdend*. Die kleinen, dichten Textblöcke. Wahrscheinlich hat er zum Schreiben viele Jahre gebraucht, aber sie soll sich nun innerhalb von zwei Tagen eine These aus den Fingern saugen und möglichst überzeugend beweisen.

Sie trinkt einen Schluck von dem warmen, klaren, bräunlichen Wasser; es schmeckt erbarmungslos gesund.

Letztes Jahr hat ihre Tutorin Sara, eine Mediävistin, ihnen geraten, sich so viele Stunden wie möglich mit dem Primärtext zu beschäftigen. Aber bitte ohne Stift in der Hand, zum Stift greift ihr nur, wenn es unbedingt sein muss, andernfalls eilt der Stift euren Gedanken voraus. Wenn es sein muss, könnt ihr den Blick vom Text lösen und zum Fenster hinausschauen. Versucht, euren Verstand auf einer einzigen Sache ruhen zu lassen. Konzentriert euch auf den Moment: *Ihr* lest diesen Text *jetzt*. Und ruft euch immer wieder in Erinnerung, dass er irgendwann von irgendwem *geschrieben wurde*.

Als sie später einem der älteren Studenten davon erzählte, sagte er: Was soll man erwarten, sie ist bestenfalls eine Phänomenologin. Das *bestenfalls* fand sie sehr interessant; sie notierte sich den Satz auf einem Post-it und klebte ihn über ihrem Schreibtisch an die Wand.

Jedenfalls verbringt sie nun Zeit mit den Sonetten, die eine bessere Gesellschaft sind als jeder Mensch; einer Daunendecke gleich schmiegen sie sich willig und fast gewichtslos an die Leserin an. Sie lässt die Sonette auf ihren Verstand einwirken, lässt sich voll und ganz auf ihre Haltung ein und macht sich kaum Notizen; sie liest einfach nur.

Auf einem anderen Post-it steht: Finde deine Grenzen und atme hinein, aber das war von einer Yoga-Lehrerin.

Sie blättert um und liest weiter. Zeit sticht ins Grün der Jugend ihre Spur und höhlt die Linie in der Schönheit Braue.

Sonett um Sonett um Sonett, alle im fünfhebigen Jambus. Er hat im englischen Kanon gewütet wie ein Virus, bis er den Leuten als das eigentliche, das *einzige* Versmaß erschien, als die alleinige Möglichkeit sinnhaften Sprechens. Manchmal verlagert er ganz leicht sein Gewicht, um sich den Gegebenheiten anzupassen. Ihr Blick wandert zu den Anmerkungen: Klage über die Vergänglichkeit der Zeit.

Dieser Mann. Sie versucht, ihn sich sitzend an einem wie auch immer beschaffenen Tisch vorzustellen. Er sinniert. Seine Feder ist gespitzt. Oder vielleicht ging er pfeifend in Southwark spazieren und ließ die Sonette in seinem Kopf Gestalt annehmen. Den ganzen Tag auf der Bühne stehen, unbekümmert Geschäftsentscheidungen treffen, dem Schauspielkollegen lachend eine Hand auf die Schulter legen, einen Schluck Ale trinken, du hast recht, ich werde die Szene überarbeiten usw. Und währenddessen staut sich in seiner Brust die Besessenheit an und zerfrisst ihn von innen. Schnell nach Hause. Alles zu Papier bringen. Und eben Argwohn ist der Schöne Zier. Warum ist neuer Pracht so bar mein Sang. Meine Liebe heißt mich wachen. Kein Mittel gibt es wider diese Fehle, die in mein tiefstes Herz sich eingesenkt.

Vierhundert Jahre später, und sie liest weiter.

Ihre Lippen stoßen gegen den schlaffen, schweren Teebeutel. Sie neigt den Becher vor und zurück, um den restlichen Tee am Beutel vorbei zu trinken. Anschließend steht sie auf und schaltet noch einmal den Wasserkocher ein.

So beginnt sie den Tag, mit nichts als Pfefferminztee und Wasser; die flüssige Schicht in ihrem Magen ist eine Arbeitsgrundlage. Später kommen Samen, Nüsse, Müsli, Banane und Milch hinzu. Zuletzt der herrliche Kaffee, der ganz eigene Reaktionen nach sich zieht. Sie hat es mit Joghurt versucht, der sich aber nicht mit dem Kaffee vertrug und ihr Magenkrämpfe bescherte. Gebutterter Toast mit Kaffee ist ein besonderes Vergnügen, führt aber manchmal ebenfalls zu Magenkrämpfen. Vor ein paar Wochen haben sie es in Bridgets Zimmer gewagt, Croissants mit Butter und Marmelade zu essen und dazu starken Kaffee zu trinken. Hinterher hatte sie so schlimme Magenschmerzen, dass sie zwei Stunden im Bett liegen und Brennnesseltee trinken musste. Kaffee ist zweifellos ein Problem, wundersamerweise aber auch die Lösung.

Das Mittagessen, mit Kräutern und Hülsenfrüchten angereicherte Rohkost, spielt in ihrer Ernährung die wichtigste Rolle. Abends isst sie im Speisesaal des College, danach geht sie sofort hoch und verrichtet ihre Notdurft. Es läuft immer gleich ab; anscheinend liegt es an irgendwelchen Zusätzen im Essen; nie geplant, aber immer unausweichlich.

Ihre kleinen Regeln – keine Äpfel nach dem Essen, Kaffee nie auf leeren Magen – sind vermutlich nur der Anfang. Demnächst wird sie auf Schweinefleisch verzichten; viel zu fettig. Und auf Wein, weil er zu schwer ist und zu süß. Doch sobald sie etwas aufgibt, sieht sie sich prompt mit etwas Neuem konfrontiert, das ihr plötzlich unvertretbar erscheint, fast so, als machte Rücksicht auf ihre Empfindlichkeiten sie umso empfindlicher.

Sie steht am dunklen Fenster, bis das Wasser kocht. Sie kippt es über denselben Teebeutel, als hätte sie beim ersten Aufguss etwas verpasst. Weil sie aus einer wohlhabenden Familie kommt, muss sie in allem sehr gründlich und achtsam sein und darf niemals etwas verschwenden. Abgesehen davon gefällt es ihr, das Spektrum zwischen aromatisiertem, leicht verfärbtem Wasser und dem zu erkunden, was gemeinhin als Pfefferminztee gilt. Ein einsames Land zu bereisen, das die meisten Leute nicht unbedingt *Tee* nennen würden.

Sie setzt sich mit dem Becher hin (und ignoriert ihre Blase, die sich langsam bemerkbar macht), hält ihre Gedanken beisammen und liest vier Sonette am Stück, langsam und mit voller Konzentration.

Ah, da tut sich etwas auf. Für einen kurzen Moment hat sie ihn im Ohr, den Ton der Sonette: geschmeidig – bitter – gekonnt; *so* ist das also. Ein winziger, schleppender Fortschritt, aber schon ist der Ton wieder weg.

Sie schreibt die drei Wörter auf das von der Lampe beleuchtete Papier, aber um Gottes willen, der Aufsatz ist morgen fällig, sie braucht mehr als ein paar Adjektive. Vom Ärmel ihrer Strickjacke zupft sie eine kleine Feder, die in einer natürlichen Spiralbewegung zu Boden schwebt.

Dein Freund Will: Ich habe ein paar Sonette geschrieben, würdest du sie mir zuliebe lesen?

Du liegst voll im Trend, Will. Ich weiß noch nicht, ob ich Zeit dafür habe, Will. Okay, wenn es unbedingt sein muss, sehe ich sie mir an, Will. Und nach dem Abendessen sitzt du da, in einer Hand das Manuskript und in der anderen den Weinbecher. Als deine Frau dir eine gute Nacht wünscht, bekommst du kaum noch Luft. Gütiger Himmel. Dein Freund Will.

Sie schnippt mit dem Fingernagel gegen die Schreibtischkante. Wie unerquicklich. Ein mittelalter Mann mit Halbglatze, Bauchansatz und einer beschämenden Verliebtheit, die sich partout nicht abschütteln lässt. Ab wann wiegt die Qualität eines Werks die jämmerlichen Umstände seiner Entstehung auf? Ab wann lassen diese sich durch nichts mehr aufwiegen? Vielleicht ist sich in Schweigen zu hüllen besser, als denselben alten Mist von sich zu geben. Als längst Dargebrachtes noch einmal darzubringen.

Sie dreht sich zum Fenster um. Draußen zieht kaltes Licht auf, dunkle Silhouetten heben sich vom dunklen Himmel ab. Ein notensicheres Rotkehlchen stimmt sein liebliches Lied an, anscheinend rechnet es damit, jeden Moment als Zeremonienmeister ausgerufen zu werden. Wenn sie jetzt das Licht löscht, könnte sie vielleicht sehen, wie die Dämmerung vorsichtig – oder auch zögerlich – Gestalt annimmt, wie der Morgen graut und das Sonett langsam auf dem Papier erscheint. Was, wenn ihre alten Lehrerinnen sie jetzt sehen könnten. Wahrscheinlich würden sie ihre Fixierung auf Stille und Tonwerte ein bisschen prätentiös finden. Sie könnte sich jeden Tag ganz vernünftig von neun bis siebzehn Uhr in die Bibliothek setzen und dort arbeiten, sie müsste einfach nur und so weiter. Aber sie bleibt überzeugt, dass alles eins ist; die Sonette und das Zimmer, in dem die Sonette gelesen werden.

Jedenfalls sieht sie hinaus und kann erkennen, wie sich in der Ferne die Bäume anordnen. Vermutlich würden die Bäume allein die Vorstellung eines Sonetts lächerlich finden. Aber vielleicht auch nicht; vielleicht ist ihr Zuständigkeitsbereich größer, als man ahnt.

Lautlos und ganz allmählich wird es hell. Der Begriff *quälend langsam* wurde für Situationen wie diese erfunden, genau so empfindet sie jetzt. Kaum zu glauben, dass selbst dieses dunkelblaue Licht von der Sonne kommt, von der einen, alles überstrahlenden Sonne.

Wenigstens ist der Winter an sich keine Qual. Den tiefsten Winter, wenn Widerstand sich nicht lohnt und man sich nur einkuscheln und warten kann, findet sie sogar tröstlich. Der Frühlingsanfang mit seinem frischen neuen Weiß, Grün und Gelb auf dunkler, nasser Erde tut hingegen weh, alles streckt und dehnt sich, und dann schwillt der Sommer an, bis er kippt, hängt und verdorrt. Zuletzt kommt der Herbst, alles darf sich abermals entspannen und dankbar dem Verfall hingeben, dem matschigen, stillen Winter.

Doch auf dem College-Gelände wachsen jetzt schon Schneeglöckchen, die ersten grünen Krokusspitzen schieben sich aus der Erde, wieder kriechen die Tage etwas länger dahin. Alles ist ein bisschen weiter; das Jahr schreitet voran wie gewohnt.

Sie sitzt auf ihrer Ferse. Aus dem Harndrang wird ein *Stechen*, ein Zwicken in der Harnröhre, jenem hochempfindlichen Fleischkanal, der demselben Komplex zugehörig ist wie die Klitoris. Kurz hält sie das Wort in Gedanken fest. *Komplex:* Burgen, Paläste und Abteien, Nischen und Ränder aus Fleisch, das wie ein Ring aus Nebenkapellen das große, gewölbte Hauptschiff ihrer Möse umschließt. Die heilige Energie bündeln. Der Anbetung ein Ziel bieten.

Die Metaphern entlocken ihr ein Schnauben. Zurück zu den Sonetten.

Wie spät ist es jetzt, kurz nach sieben. Sie konzentriert sich auf die Seite. Die Gedichte erzeugen ein Gefühl der Leere, bleich erwidern sie ihren Blick. Wenn Jonathan ihnen doch nur eine konkrete Aufgabe gestellt hätte. Ihr bleibt noch wie viel Zeit, acht oder neun Stunden, um sich mit Lektüre vollzusaugen, ein Thema zu finden und auszuformulieren, die entsprechenden Sonette herauszusuchen und mit kurzen, umsichtig gewählten Versen aus anderen auszubalancieren und zu einer Schlussfolgerung zu gelangen, die wenigstens scheinbar auf ihre Ausgangsthese verweist.

Aber Scheiße noch mal, die Sonette sind selbsterklärend. Sie haben kein Geheimnis und sind so makellos wie Knochenporzellan. Sie sind transparent wie Wasser, ja, oder wie Wodka; ohne es zu merken, sieht man hindurch statt hinein. Sie sind wie Geister: Auf einmal findet man sich dahinter wieder, und das Schwert hinterlässt nicht die geringste Spur.

Nach kurzem Zögern hält sie die Gedanken schriftlich fest. Transparent. Wodka. Geister. Vielleicht werden ihr die Begriffe noch nützlich sein, später, wenn sie vor der allerletzten Pforte des Zeitdrucks steht.

Endlich gibt sie dem körperlichen Bedürfnis nach und steht auf, besser gesagt entsteigt sie dem Stoff und lässt die Decke halb auf dem Stuhl und halb am Boden zurück. Sie wankt kurz seitwärts und ärgert sich. Yoga hat sie geschmeidiger gemacht, aber auch anspruchsvoller, und nun hegt sie die hohen Erwartungen eines Menschen, der Achtsamkeit praktiziert. Auf einmal ist es durchaus möglich, auf die falsche Weise ins Bad zu gehen.

Sie senkt den nackten Hintern ab. Der Urinstrahl schießt im Zickzack aus ihr heraus, verfängt sich an einer kleinen Vulvafalte und tröpfelt ihr warm gegen das Bein. Sie presst, bis die Anatomie sich fügt und einen geraden Strahl freigibt, einem langen Ausatmen gleich. Endlich, denkt ihr Becken und fühlt sich sofort leicht und sauber. Sie steht auf und betrachtet den blassen Urin; völlig normal zu dieser Zeit; sie hat einen großen Schwall aus Wasser und Pfefferminztee durch ihr Kanalsystem geschickt, eine Flut, die abgebrochene Äste und Eisklumpen mitreißt. Bald, schon bald: die dunkle Flamme des Kaffees.

Sie macht sich wieder an die Arbeit, beugt sich über das Buch, stützt rechts und links die Hände auf. Komm schon. Da muss doch irgendwas zu finden sein. Sie nimmt das Buch in die Hand, blättert es an willkürlicher Stelle auf und liest: Dort ist der Liebe Heim. Irrt ich auch weit, getrieben hat mich's doch, zurückzueilen zu rechter Zeit, nicht anders durch die Zeit …

Vielleicht sollte sie etwas frühstücken.

Während sie Schüssel, Löffel und Müslischachtel zusammensucht, fällt ihr ein, dass sie etwas über die spezielle Dynamik homosexueller Liebesbeziehungen in jener Epoche schreiben könnte. Sie stellt sich zwei Männer vor, beide sind weit gereist und überaus kontaktfreudig, und trotz des Sex stellt sich die Ehefrage natürlich gar nicht erst; derlei kleinliche, energieraubende Verhandlungen bleiben ihnen erspart. Das Müsli rieselt in die Schüssel, sie stellt die Schachtel ab und geht zur Tür … Auf einmal sieht sie diese Männer überall, sie torkeln durch Straßen und Tavernen, während sie die Zimmertür öffnet, den Riegel vorschiebt und, huch!, im Schein der Leuchtstoffröhren die Augen zukneift. Aber gäbe es für die zwei überhaupt die Aussicht auf etwas Ernsthaftes, wie könnten sie, denkt sie und nimmt dabei die Milch aus dem Kühlschrank, ihren Bindungswillen bekunden, einander Sicherheit und Vertrauen schenken und sich sagen: Ja, das ist es, wir gehören zusammen … Sie geht zurück in ihr Zimmer und schließt leise die Tür. Nein. Anscheinend muss es immer ein *so lange* geben; es dauert, so lange es dauert.

Gestern hat sie in Katherine Duncan-Jones' Vorwort das Folgende gelesen:

Möglicherweise übt das »bescheidne Stückchen Land«, dieser begrenzte Raum mit seinen vorwiegend reflexiven und introspektiven Inhalten, einen besonderen Reiz auf die weibliche Leserschaft aus. Möglicherweise sind Leserinnen eher fähig, angesichts der maskulinen, homoerotischen Stoßrichtung der Sonette 1–126, die unter Generationen männlicher Leser für so viel Aufruhr gesorgt haben, eine Haltung der betrachtenden Gelassenheit einzunehmen und doch emotional empfänglich zu bleiben.

Sie hat die Passage abgeschrieben, nicht um später daraus zu zitieren, sondern weil der trockene Humor ihr gefällt. Durch die akademische Prosa schimmert ein kleines Lächeln.

Jetzt knackt, plättet und schluckt sie und starrt dabei ins Nichts. Würde sie sich als gelassene Beobachterin beschreiben. Emotional empfänglich, ja … aber da ist noch mehr … in gewisser Hinsicht fühlt sie sich, was wäre das passende Wort … sie fühlt sich *einbezogen*. Sie sieht in die leere Schüssel hinunter, tupft eine nasse Haferflocke auf und führt sie sich an die Lippen. Ja, die beiden sind Männer und sie ist eine Frau; aber irgendwie sehnt sie sich danach, *dort* zu sein, bei ihnen.

Wie dem auch sei. Erst mal Kaffee. Wieder steht sie am Fenster, der Wasserkocher brodelt einem neuen Höhepunkt entgegen. Dort unten, hinter der Mauer, liegt der akkurat gepflegte Garten des benachbarten College. Die Rasenflächen sind weiß von Raureif, die Blumenbeete schwarz. An manchen Wochentagen gehen zwei Männer dort spazieren. Der eine hält die Hände hinter dem Rücken verschränkt und denkt wahrscheinlich über Aristoteles nach, oder über Thomas von Aquin, Milton oder Matthew Arnold. Der andere, er ist ein bisschen jünger, bemüht sich offenbar, den Gedankengängen des Älteren zu folgen. Aber sie lachen auch. Manchmal bleiben sie stehen und betrachten einen Busch, und wenn sie etwa zehn Minuten lang zwischen den Blumenrabatten umhergelaufen sind, verschwinden sie wieder. Einmal haben sie kleine Mengen einer Flüssigkeit aus einer Thermosflasche in ein Becherchen gegossen und abwechselnd daraus getrunken. Sie sieht diese beiden Männer immer nur zusammen, und nie sind andere Leute dabei.

Was, wenn sie sich ihnen nackt am Fenster präsentiert, mit über die Schultern gebreitetem Haar, von der Kälte zusammengezogenen Brüsten und ruhigem, vollkommen entspanntem Gesicht. Ein Mann würde dem anderen zuraunen: Dreh dich nicht zu schnell um, aber da oben gibt es was zu sehen. Die Männer wüssten nicht, ob sie sich unterhalb des Fensterbretts selbst berührt. Fortan würden sie jedes Mal einen Blick riskieren. Eines Tages würden die beiden sie vielleicht sogar herunterbitten und wortlos in ein verstecktes Hinterzimmer des alten College führen, wo sie dann endlich, *endlich* etwas lernen könnte.

Der Wasserkocherhebel springt abermals empor. Sie nimmt den Behälter und gießt das heiße Wasser in die leere Kaffeekanne, eine Dampfwolke steigt auf. Eigentlich hätte sie lieber einen dieser Espressokocher, die man auf die Herdplatte stellt; zu gern malt sie sich aus, wie das Wasser druckvoll in die Höhe schießt und der Kaffee durch das heiße, harte Metall gezwungen wird. Zu Hause pflegen sie ein bestimmtes Sonntagsritual: Sie wartet barfuß auf den Steinfliesen der Küche, während ihre Mutter vier Kaffeebecher auf dem Tresen aufreiht. Der Kaffee ist schwarz und riecht nach dunkler Hitze, die Zeitung wird in ihre Segmente zerlegt und auf dem Küchentisch ausgebreitet. Sophys lange Gliedmaßen stehen in alle Richtungen ab, Caro hat im Sitzen die Knie angezogen und döst still vor sich hin wie eine Katze.

Aber es gibt in ihrem Zimmer keinen Herd, außerdem ist sie völlig zufrieden, mehr Luxus braucht sie nicht. Sie nimmt die Kaffeekanne, trägt sie ins Bad und gießt das heiße Wasser vorsichtig ins Waschbecken. Die Kanne ist ein äußerst zerbrechliches Gefäß. Die letzte hat sie in der Küche gegen den Wasserhahn geschlagen und eine lange, schmale, schöne Scherbe herausgebrochen. Die vielen kleinen Splitter mit Küchenpapier aus der Spüle zu holen, hat zwanzig Minuten gedauert. Die schöne, lange Scherbe bewahrte sie auf, bis Maggie, die Putzkraft des College, eines Tages beim Staubsaugen darauf zeigte und fragte, ob sie das sicher entsorgen solle. Sie nickte widerwillig und verabschiedete sich stumm von dem langen, spitzen Splitter. Er wurde in ein Stück Pappe gelegt und mit Klebeband umwickelt, und sie fragte sich, für welches nun endgültig vereitelte Forschungsprojekt sie ihn eigentlich aufbewahrt hatte.

Der Kaffee fällt in die nasse, warme Glaskanne wie Kompost. Sie gießt heißes Wasser dazu und setzt den Deckel auf;

der Kaffeebereiter ist wieder komplett. Sie trägt die Kanne und den kleinen braunen Becher zum Schreibtisch und setzt sich.

Der Kaffee dringt in sie ein wie ein heißer, dunkler Satz. Seine Bitterkeit und Säure sind zutiefst befriedigend; er kommt im Magen an, sie seufzt. Sie nimmt einen zweiten Schluck. *Fuck,* Kaffee ist wundervoll. Er packt ihre Gedanken und zieht sie langsam auseinander, und schon schimmern Nuancen und Feinheiten durch wie silbriges Licht. Sie *liebt* die Sonette, o Gott, dieses elegante Funkeln; die Sonette leuchten in ihrem Kopf wie Laub in der Sonne. Seid wo Ihr wollt; Euer Freibrief räumt euch ein, dass Ihr Euch selbst die beste Zeit erwählt; tut was Ihr wollt; es ist an Euch allein. Während das Koffein alles beschleunigt, beginnen die Wörter zu hecheln; der *Freibrief* breitet sich aus, bis ihr Hirn davon durchtränkt ist; am liebsten würde sie den schweren Kopf auf die Schreibtischplatte krachen lassen. Der Kaffee fährt durch ihre Gedanken wie Wind durch dünnes Gras.

Sie blättert ein gutes Stück vor, liest ein anderes Sonett und muss lächeln. Von dir war ich entfernet im Frühling. Heute ist Sonntag, niemand muss zu den Vorlesungen rennen, alle stehen gemächlich auf, um dann später zum Sport zu gehen oder in die Kirche oder zu einem ausgiebigen Brunch. Sie weiß genau, welcher Tag heute ist, denn egal, wie viel Arbeit sie hat, aus irgendeinem Grund wird der Sonntag immer ein Ruhetag bleiben.

Der Kaffee schmeckt jetzt nach vierhundert komprimierten Jahren, die plötzlich hervorbrechen. Sie blättert weiter. Der Dichter ist zermalmt, zerschunden von des Alters Zahn. Wie ihr auffällt, beharrt er auf Glamour; Glamour von der schäbigen Sorte, ja, aber auch von hämischer Gerissenheit. Sie dreht sich zum hellen Fenster um und betrachtet dann wieder das Gedicht. Ja, da ist sie, die müde Verbitterung des alten, genialen, unerhörten Dichter-Liebhabers. Ein kalter englischer Winter, Männer mit roter Nase stehen an den Docks von Southwark, frag doch mal Will Shakespeare, der hat in letzter Zeit ganz schön viele Sonette rausgehauen. Schiefes Lächeln. Wenn du verstehst, was ich meine.

Sie stupst den Gedanken an und schaut zu, wie er sich entwickelt: die Sonette als schräge Glorifizierung des unattraktiven Dichters. Dass sich rätselhafterweise ein gewisser Glamour darin findet … dass er womöglich schäbig ist … und damit (noch rätselhafter) der beste Glamour überhaupt. Der Dichter *kennt sich aus*. Zugegeben, was er kennt, ist ziemlich krank; aber, bei Gott, er ist darin Experte.

Ein weiteres Sonett. Sie richtet ihre Aufmerksamkeit auf neue Metaphern für die verstreichende Zeit und die Bedrohung durch einen Rivalen; dass ein anderer Dichter ein Loblied auf denselben jungen Mann anstimmen könnte, ist eine Katastrophe. Doch feilt ihm deine Gunst die Zeile glatt. *Bedrückend* wäre die richtige Beschreibung: Zwei trockene Hände legen sich an das welke Herz und drücken langsam zu. Die weiße Kälte der Leerzeilen. Jedes einzelne dieser Sonette braucht einen Eispickel und eine Thermosflasche.

In der Tat fängt sie jetzt an zu frieren. Zuerst spürt sie es an den üblichen Stellen: den Handrücken, den kleinen Fingern, den Fußrücken. Die Nasenlöcher sind leicht irritiert, aber noch nicht verstopft. Sie wird warten, bis die Decke enger um sich zu ziehen nichts mehr bringt; dann erst wird sie die Niederlage eingestehen, aufstehen und die Heizung aufdrehen. Irgendwo im College stehen große Boiler herum und laufen pausenlos, fluten ihr Zimmer mit Wärme, wann immer sie es wünscht. Das Problem ist nur, dass sie das Geräusch und die spröde Hitze nicht erträgt. Ihre Augen werden tränen, ihre Hirnwindungen vertrocknen.

Sie atmet durch, dann holt sie noch tiefer Luft und dehnt alle Muskelfasern an Brust und Bauch. Hält sekundenlang die Luft an, atmet langsam aus und spürt, wie das Gewebe sich wieder zusammenzieht. Draußen flackert ein Vogel im Sonnenlicht auf und ist sofort wieder weg.

Zehn Minuten später gibt sie sich geschlagen. Stemmt sich samt Deckenhülle in die Höhe, schlurft durchs Zimmer; bückt sich; dreht am Heizungsventil; schon zischt Dampf hindurch, der eigentlich, sie weiß es, nur heißes Wasser ist, eingeschlossen in eine lange, dunkle, gewundene Röhre. Sie legt eine Hand auf den Heizkörper, die Wärme macht sich schwach bemerkbar, wie aus weiter Ferne. Nun ist es im Zimmer laut. Nun werden die Konvektionsströme ihr trockene Luft ins Gesicht blasen. Unglücklich schlurft sie zurück an den Schreibtisch.

Wie weiter. *Was sagen.*

Nein. Sie legt die Hände aneinander, schiebt die Nase dazwischen, sammelt die Stichpunkte ihrer selbst zusammen und atmet in die eigenen Grenzen. Ihre Wut ist rein körperlicher Natur, eigentlich ist alles in Ordnung. Sie wird einen Zugang zu den Sonetten finden, wenn nicht mutig und verwegen, dann verstohlen durch die Hintertür. Sie muss einfach nur warm werden.

Mittags ist sie meistens zu unkonzentriert, um zu arbeiten. Wenn sie sich fünf oder sechs Stunden lang mental verausgabt hat, wendet sie sich ihrem Körper zu. Erst Yoga, dann Meditation, später ein langer Spaziergang. Sie dreht die Ziffernblätter namens Körper und Geist in entgegengesetzte Richtungen, bis sie wieder deckungsgleich sind. Anschließend ein frühes Abendessen. Danach kramt sie oft noch ein bisschen in ihrem Zimmer herum, geht duschen, und dann ab ins Bett. Natürlich kommt es zu Abweichungen: Montags und dienstags hat sie Tutorien, bei denen sie wohl oder übel anwesend sein muss. Sonntags besucht sie den Evensong. Samstags hat sie frei und geht einkaufen, besucht Bridget und macht die Wäsche. Außerdem muss sie täglich ihren inneren Widerstand einfangen und niederringen; aber im Großen und Ganzen klappt es ganz gut und sie hält die Routine ein, weil sie ihren unterschiedlichen Stärken und Talenten eine Richtung gibt.

Nach einer guten Yogasession steht sie in der Berghaltung da, schließt die Augen, lässt die geöffneten Hände baumeln und spürt die Dehnung wie ein flüssiges Schimmern in den Muskeln. Es ist, als bearbeite sie ein Stück Leder oder als kämmte sie sich mit einer guten, weichen Borstenbürste die Haare. Sie erzählt niemandem, dass sie Yoga macht, vor allem das Wort *Yoga* spricht sie nur ungern aus. Es klingt nicht nach dem, was es bezeichnet.

Während der ersten zehn oder fünfzehn Minuten des Meditierens versucht ihr Gehirn zu planen, zu denken, festzuhalten. Aber irgendwann gibt es auf und setzt oder fläzt sich in die Ecke, und dann öffnet sich ein leuchtender Raum, der einem unbewegten See bei Sonnenaufgang ähnelt. Eine Zeit lang hat sie versucht, das Gefühl zu befragen, was bist du, woher kommst du, woraufhin das Gefühl sich blinzelnd verzog. Inzwischen hat sie gelernt, es wahrzunehmen, ohne es festhalten zu wollen, auch wenn die Angst vor seinem Verschwinden immer im Hintergrund lauert. Gelegentlich stellt sich eine große Zuneigung für einzelne Körperteile ein – für ihre Füße mit der dicken Hornhaut und den feinen Zehen, oder für ihre zarten, starken Hände, manchmal auch für etwas so Ungewöhnliches wie ihre Zähne. In solchen Momenten erscheint ihr die Meditation wie ein seltsamer Ort, an dem nichts geschieht, der sich aber ständig verändert, der sich selbst in den Schatten stellt und wieder ins Licht und der einer eigenen, rätselhaften Geometrie gehorcht. Manchmal zieht eine plötzliche *Ahnung* von einem Film, einer Person oder einer Erinnerung auf, die sie nicht näher beschreiben kann. Ihr Gehirn gaukelt ihr ein Bild vor, bis sie den Mund aufmacht, um es zu erklären wie einen Traum; doch es hat eine rein geistige Textur und lässt sich nicht freiwillig in Worte fassen. Dass ihr schönes Gehirn sich selbst im Wachzustand sekundenlang der Sprache entziehen kann, findet sie beruhigend, denn es beweist die Existenz der Dinge, auf die Sprache sich bezieht.

Zu dieser Jahreszeit spazieren zu gehen bedeutet, durch die Dämmerung in die Dunkelheit zu laufen. Ihre Gedanken werden zu einem stetigen, flachen Strom, Oxford zieht vorbei und zeigt ihr Menschen und Straßen, und sie absorbiert das alles schweigend.

Beim Evensong ist es hingegen, als würde sie immer wieder dieselbe Frage stellen in der Hoffnung, irgendwann eine Antwort zu bekommen, die ihr gefällt.

Sie blickt auf die lange Abfolge von warmen Mahlzeiten, Bewegung und durchgeschlafenen Nächten zurück, die allein auf das eine abzielt: ein tieferes Verständnis von Gedichten auf einer Buchseite zu entwickeln. Der Gedanke erscheint ihr ebenso absurd wie korrekt. Sie schüttelt ihn ab und trinkt noch einen Schluck Kaffee.

Manches hier wäre verbesserungswürdig. Das Zimmer in ihrem Rücken ist voller Gegenstände, und es sind zu viele. Wenn ein neues Trimester beginnt, schleppen sie und ihre Mutter ihr altes Leben kistenweise vom Auto über den Hof und die Treppe hinauf und stopfen das Zimmer mit Körperpflegeprodukten, Geschirr, Laken, Decken, Slips, Strickjacken, Schuhen und abgehefteten Unterlagen voll. Für den niedrigen Tisch hat sie eine eigene Tischdecke mitgebracht. Sie besitzt eigene Kleiderbügel und einen eigenen Regenschirm.

Ein Magier in Erdsee besitzt ... drei Zauberbücher, ein paar Teller und Tassen, einige Ziegen und ein kleines Haus. Wenn er auf Reisen geht, nimmt er nur seinen Stab und seinen Mantel mit, denn hauptsächlich geht *er* auf Reisen. Sie muss an einen Grönlandhai in der eisigen Tiefsee denken, der lautlos durch die blaue Finsternis gleitet. Er hat nichts als seine träge Energie, und doch bleibt er jahrhundertelang am Leben. Als Shakespeare über die Bühne eilte und dann nach Hause, um aufzuschreiben, was sie jetzt liest, konnte derselbe Hai schon Futter suchen, fühlen, wachsen.

Streng genommen ist das Einzige, was sie braucht und will – braucht *und* will, das sagt sie sich immer wieder – der kleine braune Becher mit dem winzigen, aufgestempelten Kreuz. Sie streckt die Hand aus, berührt die scheckig braune Glasur und fährt mit Daumen und Zeigefinger über den Rand. Der Henkel sitzt tief am bauchigen Körper, dessen Form recht ungewöhnlich ist, ausländisch eben. Der Becher tröstet und inspiriert sie, als wäre sie ein italienischer Mönch. Dieser Becher würde sie in ein neues Leben begleiten; sie könnte ihn in einen Pulli wickeln, zusammen mit ein paar anderen Kleidungsstücken in einen Rucksack packen und nach Griechenland, Persien oder Marokko reisen, ganz allein, ohne Rich. Sie würde ohne Gepäck den Flughafen verlassen und in den erstbesten verbeulten Bus steigen. Die Haare würde sie den ganzen Tag als Knoten oben auf dem Kopf tragen. Sie wäre gebräunt und ein bisschen schlanker und würde sich selbstbewusst durch die fremden Straßen bewegen. In einem kleinen Hof könnte sie ein karges, aber köstliches Mahl zu sich nehmen: Oliven, Hummus und sehr gutes, gesalzenes Brot. Nicht lesen, nur betrachten. Denken. Das Subtile, Fragile verstehen. Wie der Hof sein und alles durch sich hindurchgehen lassen. Wasser aus einer Glasflasche in den kleinen braunen Becher gießen und daran nippen, mit jedem Schluck nur wenige Moleküle, die sie empfängt wie einen Segen. Ein einziges Buch mitnehmen, ein wundersames, unerschöpfliches, die Bibel vielleicht oder Homer oder Dante; irgendwas mit einer langen, komplizierten Handlung. Und wenn sie dann wieder nach Hause kommt, ist sie ein anderer Mensch.

Der Italienurlaub im vergangenen Sommer hatte sie tatsächlich verändert. Sie hatte sich geschworen, das Gefühl nicht zu vergessen, aber dann vergaß sie es trotzdem, es war ihr nämlich nicht gelungen, es in aussagekräftige, repräsentative Bilder zu überführen. Nun schickt sie ihren Verstand dorthin. Es geht ungefähr so: Sie legt eine Hand auf die warme Steinbalustrade am Kopf der Treppe und blickt auf sich kreuzende Kieswege hinunter, auf eine Statue in einem dunklen Rechteck aus Hecken. Ihr Geist ist geblendet von der Hitze, sie sieht nichts als Flächen und Farben, Sonne und Schatten. Sie erinnert sich, wie sie tatsächlich dort stand und versuchte, bestimmte Menschen in die Szenerie einzufügen. Rich beispielsweise, der aber zu lebhaft und unruhig war, er kam immer wieder zu ihr, flüsterte ihr Vertraulichkeiten ins Ohr oder nahm sie in den Arm. Mit Miles klappte es schon besser, Miles schlenderte lässig umher, mit in ein Buch gelegtem Daumen und gedankenverlorener Miene. Dann wurde sie von ihrer Mutter gestört, die, während sie da unten spazieren ging, über ihr Englischsein hinauszuwachsen schien, eine große, kurzhaarige Frau in einem dunklen Leinenkleid. Von ihren Augen war nicht mehr zu erkennen als zwei dunkle Kerben, und sie wirkte nicht zwangsläufig wie eine Touristin, denn sie strahlte eine natürliche Wärme aus. Die jedoch verflog, sobald sie die Treppe heraufstieg und die drei Mädchen für ein Foto arrangierte, und im Hintergrund erhob sich Florenz.

Als sie wieder nach Hause kamen, hatte der englische Spätsommer begonnen; ein stetiger, frischer Wind fuhr durch die Baumkronen, die Schatten wurden dunkler und kühler und der Herbst tastete sich vorsichtig heran. Sie las Virginia Woolf, staunte über ihre Frische und Schönheit und machte sich Notizen. Die Wälder und Felder und Bäche. Wie sie merkte, stand sie noch ganz am Anfang; im Grunde ist sie immer noch ins Auenland verliebt.

Rumi schreibt:

Sei konzentriert wie ein Löwe
bei der Jagd auf das, was dich wirklich nährt.
Lass dich nicht von Schmeicheleien ablenken,
niemals.

Rumi hat natürlich nicht in Oxford studiert. Sie hingegen …
Bei den Prüfungen im ersten Jahr schnitt sie gut ab und wurde
mit Schmeicheleien überhäuft: ein Stipendium, ein schwarzer Talar mit Krause, hervorragend geeignet zum Schwenken und Stolzieren; ein Stipendiaten-Dinner mit Festreden
und viel dunklem Alkohol, bei dem die Fellows Jonathan und
Sara sich fröhlich und gönnerhaft gaben. Als die anderen sich
während der Reden gegen die hölzerne Wandvertäfelung sinken ließen, saß sie kerzengerade. Später ging sie mit Miles und
Ciara hinunter in die Bar, wo sie die Talare auszogen und sich
über den Schoß legten. Sie bestellte einen Wodka-Tonic auf
Eis und nippte daran, solange er sehr kalt war. Ciara neckte
sie wegen ihrer stillen, ernsten Art. Erstaunlich, wie lange die
Leute sich über Dinge wundern können, die sie längst wissen.
   Sinn ergeben hatte das Ganze eigentlich nur in den Monaten davor, während der Prüfungsphase, als sie ihr Gehirn
wieder und wieder nach dem richtigen Wort oder dem passenden Zitat durchforstete und ihr alles mühelos einfiel. Sie
dachte: Eine echte Verbesserung. Nach jeder Prüfung saß sie
in ihrem Zimmer, nahm sich ein paar ruhige Minuten und
kam zu der Einsicht, dass es insgesamt gut gelaufen war.
   Rumi hätte wahrscheinlich alle Termine abgesagt und jedem Prüfling einen Spiegel in die Hand gedrückt. Wer seine
Schande erkennt und seine Seele mit Tränen erfrischt, hat
bestanden.

Wo war sie stehengeblieben. Ach ja, der braune Becher. Italien: die Wiege des Sonetts, natürlich. Der hypnotische Rhythmus von Petrarca, die seufzende, höfische *sprezzatura*. Später packten ein paar feine junge Engländer – Surrey, Wyatt, Sidney, Drayton, Shakespeare – das Sonett beim Kragen und mischten es ordentlich auf. Keine *sprezzatura* mehr, stattdessen eine triste, rechthaberische Verbitterung. Noch ein Bier!, schreit der Dichter und kritzelt einen brillanten Vers über Idioten hin.

Sie blättert planlos weiter. Ihr seid mir alle Welt; ich bin bestrebt, Dass euer Mund mir Lob und Tadel künde. Hört, was mich frei hebt über sie empor. Ja, da ist er, der kühne Ton, klagend und doch irgendwie tyrannisch. Ebenso spröde wie berauschend. Sie notiert ein paar Begriffe: aufmischen, rechthaberisch, Verbitterung, klagend. Wie er immer wieder auf seine Versklavung hinweist und dennoch die totale Kontrolle behält.

Eines Tages wird sie vielleicht eine Person sein, über die andere sagen: Sie hat alles gelesen. Man wird sie fragen, ob sie dieses oder jenes Buch schon kennt, und sie wird einfach nur nicken. Sie macht kein Aufhebens darum, spielt ihre beeindruckende Belesenheit im Gegenteil noch herunter, als könnte sonst der Ozeanboden aufreißen und das Ausmaß ihres schieren Wissens preisgeben, das sich dunkelblau ausbreitet und in der Ferne verliert.

So gesehen verrät ihr Entschluss, zu arbeiten statt zu trinken und zu vögeln, vielleicht eine Zielstrebigkeit, die eines Tages zu echter Größe führen wird. Oder sie macht einfach alles falsch; aber nicht einmal Eisvögel präsentieren sich immer im richtigen Licht.

Plötzlich kribbelt ihr Körper vor Unruhe. Die Fingernägel sind zu lang, die Lippen zu trocken, die Gedanken werden unscharf und fließen ineinander und sie hat keine Kraft mehr, sie zu trennen oder zu verfeinern. Manchmal stört sie auch ein Juckreiz tief im Ohr, in der Möse oder sogar in den Knochen. Auf ihrer Kopfhaut zucken einzelne Nervenzellen anlasslos hierhin und dorthin. Ausgefallene Haare liegen unvermittelt auf dem Schreibtisch oder stehen gut sichtbar von ihrer Strickjacke ab. Rings um die Fingernägel lösen sich winzige Hautstreifen auf das Schmerzhafteste. Dazu der ständige Drang, Wasser aufzunehmen und wieder auszuscheiden. Manchmal kommt sie gar nicht schnell genug von der Klobrille herunter, so stark ist ihr Wunsch, das nächste Glas zu leeren. Wie man unter solchen Umständen zum Denken kommen soll oder wie andere es anstellen, bleibt ein Rätsel.

Ein typisches Beispiel: Inzwischen sind mehr Haare aus dem Zopf gerutscht als *im* Zopf. Sie fallen ihr über die Ohren und kitzeln sie im Nacken. Sie könnte es kämmen und den Zopf erneut flechten, diesmal besonders stramm. Doch wie viele Haare dann wieder flimmernd zu Boden schweben würden … Sie greift sich an den Hinterkopf, hält inne und spürt der angenehmen Anspannung in den Schultern nach, fasst das wirre, vom Schlaf zerdrückte Haar zusammen, verdreht es zu einem Knoten und zieht das Haargummi darüber. Sie nimmt die Hände herunter, der Knoten hält. Gut. Nun hat sie endlich ihre Ruhe.

Das Zischen der Rohre, die warme Luft. Sie grunzt verärgert. Mit einem Sonettsprung ist sie am Heizkörper und schließt das Ventil. Sieh, wie ich die Hitze / aus meiner Kammer banne.

Sie wirft einen Blick aus dem Fenster. Heilige Scheiße. Wie lange ist es her, dass sie zuletzt hinausgesehen hat? Plötzlich ist da ein undurchdringlicher Nebel, der alles verdeckt, Gärten, Gebäude, den Rasen; alles wird von einem eigenartig gedämpften, weißen Licht überflutet. Als hätten sie den Nebel unbemerkt im hohen Gras erzeugt, sich lächelnd einen Finger an den Mund gehalten und ihn dann auf ein Kommando hin – *jetzt!* – schwungvoll in die Höhe gewuchtet. Seine Oberseite dampft vor Kälte und zerfließt in der schimmernden Luft.

Sie setzt sich wieder an den Schreibtisch und verharrt ganz still. Schließt die Augen und zählt alles auf. Gras. Wasser. Kalte Luft. Sonnenlicht. Sie riskiert einen weiteren Blick hinaus. Der Umriss der Birke vor dem Fenster leuchtet silbrig, dahinter breitet sich der enorme, fahlweiße Nebel aus.

»Mist«, sagt sie laut, bleibt einen angespannten Moment lang sitzen, steht auf, schält sich aus Pullover und Pyjama, tritt nackt an die Kommode, zerrt einen Haufen Kleidung heraus und zieht sie an. Dann Mantel, Schal, Handschuhe, Stiefel. Die Schlüssel im Regal sind kalt.

Sie hält blinzelnd inne und staunt über diese außergewöhnlich schnelle Entscheidung, die sie wirklich nicht hätte treffen sollen. Sieht das Wasserglas auf dem Schreibtisch, nimmt einen großen Schluck, geht hinaus.

An der Pförtnerloge begegnet sie der hochgewachsenen Emma Weeting, die gerade vom Joggen zurückkommt. Sie grüßen einander äußerst neutral.

Also gut. Sie beschleunigt ihre Schritte, läuft durchs erste Tor und folgt dem Weg, eine halbe Stunde nur, es ist noch nicht einmal neun, vielleicht wirkt ein Spaziergang belebend. Das Gefühl, sich wirklich zu *bewegen*. Denn, nein, die Sonette bewegen sie nicht. Hier draußen kann sie echte Schritte machen. Sie lächelt über die Nicht-Metapher. Rich würde sich freuen, sie hat aus Versehen etwas Wortwörtliches gesagt, er würde auf seine typisch unbeschwerte Weise lachen. Und dann die Augen verengen; die Lust ist nie weit.

Sie tritt durch das zweite Tor und steht in einer weißen Nebelbank, hinter der sich, wie sie weiß, die Wiese erstreckt. Sie geht weiter, ihr Gesicht ist starr vor Entschlossenheit.

Da ist der weite, helle Dunst, das eine oder andere Objekt, das aus dem Nebel auftaucht, außerdem noch das Geräusch ihrer Schritte auf der festen Erde. Es ist schön kalt und ein bisschen weniger schön feucht. Jeder ausgestoßene Atemzug wird zur dichten, weißen Wolke. Kleine Vögel schießen aus dem Unterholz und wieder hinein, eher ein Flackern im Verstand als in den Augen. Wenn sie den Blick hebt, kann sie über der Oberkante des Nebels den blauen Himmel erahnen. Alles ist plötzlich veredelt, der Papiermüll im Gras sieht sauber aus und die Maserung der Baumstämme wie Kunst. Dies ist eine veränderte Welt. Sie fühlt sich wie Edmund kurz nach seiner Ankunft in Narnia, verwirrt und bereit, sich für alles zu entschuldigen.

Aber es gibt noch andere Menschen, natürlich kann sie in diesem weißen Nebelmeer nicht der einzige warme, dampfende Leib sein. Ein dünnes Mädchen joggt ihr entgegen und wirft sich schwankend in die Gelenke, fast meint sie, die Stöße in den eigenen Beinen zu spüren. Sie schlägt die Augen nieder, das Mädchen läuft vorbei und seine Schritte verhallen. Sie versucht, ihre Aufmerksamkeit abermals auf die Stille zu lenken.

Sie entscheidet sich für eine Allee, die zum Fluss hinunterführt. Die Colleges ziehen sich als geschlossene Linie zurück und geben sie frei. Sie geht unter einem Baum durch: Stille. Ein zweiter Baum: Stille. Und noch einer.

Vielleicht sollte sie, während sie hier draußen ist, endlich über Richs Besuch entscheiden, dann wäre die Zeit nicht vollkommen vergeudet. Dass er darum bitten würde, sie besuchen zu dürfen, war absehbar, sie hätte sich die Antwort längst überlegen sollen, eigentlich ist es unverschämt von ihr, weder ja noch nein zu sagen. Er möchte herkommen und ihr erstes kleines Abenteuer von – von wann, von vor zwei Jahren? – fortsetzen. Damals lief alles herrlich schief. Das kleine Restaurant in der Walton Street, das von ihm empfohlene marokkanische Lammgericht. Der Wein. Eigentlich wollte ich nur deiner Mutter einen Gefallen tun, behauptet er bis heute. Mit dem Geigenkasten auf dem Rücken standen er und ihre Mutter nach dem Konzert herum und unterhielten sich, während sie, Sophy und Caro warteten, sie wollten nach Hause, und plötzlich sagte er: Übrigens bin ich in ein paar Wochen in Oxford, wenn du möchtest, lade ich Annabel zum Essen ein, die Mensa ist wirklich schrecklich und so weiter und so fort. Er wollte ihr einen Gefallen tun und versprach, sich zu melden.

Der Nebel an diesem kalten, züchtigen Morgen hat die Vorderseite ihrer Kleidung jetzt schon durchnässt, an ihrer Wange klebt eine feuchte Haarsträhne. Die Geschichte ging ziemlich klischeehaft weiter. Er bestellte eine Flasche Rotwein, die sie gemeinsam, aber zu ungleichen Teilen leerten, und dann kam der (von ihr unbemerkte) Moment, in dem sein Verstand weich wurde und zu schnurren anfing. Er stibitzte Essen von ihrem Teller, und in einem anderen (von ihm unbemerkten) Moment dachte sie: Ist das jetzt, könnte ich … im Ernst, ich könnte! Er übernahm die Rechnung und bot ihr an, sie nach Hause zu bringen. In Gedanken fertigten beide jetzt schon den jeweiligen Bericht für ihre Mutter an.

Sie traten in die raue Februarkälte hinaus, er sagte, Scheiße, ist das kalt, und entschuldigte sich sofort für seine Wortwahl.

Sie gingen los. Er blieb stehen, um sie auf eine architektonische Besonderheit aufmerksam zu machen, legte ihr eine Hand auf die Schulter und drehte sie in die entsprechende Richtung. Plötzlich war sein Gesicht sehr nah; es kam zum Kuss. Sie stand zitternd in seiner dunklen Umarmung und ließ es geschehen. Er zog sie an sich und fragte mit heißem Atem, ob es zu unanständig sei, sie in sein Hotelzimmer einzuladen. Sie beichtete ihm, dass sie nicht – noch nie – er hatte Verständnis. Er begleitete sie bis zu ihrem College und küsste sie dann sehr sanft auf die Wange.

Aber nun hatte sie seine Mailadresse. Sie schrieben sich zwei Wochen hin und her, zwei weitere Wochen lang telefonierten sie fast täglich. Als sie über Ostern zu Hause war, besuchte sie ihn draußen in seinem Dorf, und dort war es dann passiert, in seinem Bett. Das stechende, tiefe Gefühl von Fülle und Blut. Wie er ihr versicherte, würden die Flecken beim Waschen wieder rausgehen.

Sie erreicht den Fluss. Eine graue Ruhe breitet sich aus, die Ruhe vor dem Sturm. Das Gehen hat jetzt vollständig Besitz von ihr ergriffen, sie lässt mit jedem Ausatmen die Schultern sinken und verlangsamt ihre Schritte. Ein dunkler Schatten auf dem Wasser zuckt zusammen, hebt den Kopf und wird zur Gans.

Sie stößt eine Dampfwolke aus. Später kam dann die schlechte Phase. Sie begann mit einer E-Mail: Ich kann das nicht guten Gewissens verantworten, du bist erst neunzehn, die Heimlichtuerei schadet uns beiden, deine Mutter vertraut mir, du hast jemanden verdient, der dich bla, bla, bla. Mit den besten Wünschen für dein Studium – Rich. Danach Schweigen. Ein paar Wochen später erzählte ihre Mutter, sie habe Carmen kennengelernt, seine neue Freundin. Carmen war angeblich unsympathisch, was sie abwechselnd schadenfroh und wütend machte.

Kurz darauf traf sie Joseph Waller, der Materialwissenschaft am St. John's studierte und immer auf ihr Zimmer wollte, nie auf seins, aus unerfindlichen Gründen und insgesamt dreimal, bis sie ihn dann eines Tages an der Hand eines Mädchens mit wilden Haaren und großer Sonnenbrille aus seinem College kommen sah.

Danach konzentrierte sie sich auf Miles, den ausweichenden, zurückhaltenden Miles, der ihr einen schönen, zarten Liebeskummer bescherte.

Und zuletzt rauschte glücklicherweise Virginia Woolf in ihr Leben, und ab da vergingen die Monate wie im Flug. Während der Sommerferien las sie alle ihre Romane, und als sie im Herbst für ein letztes Jahr nach Oxford zurückkehrte, hatte Woolf sie fest im Griff. Sie aß weniger, arbeitete mehr, plötzlich hatte sie ein Summen im Kopf, ihr Darm wurde empfindlich, sie nahm ab, ihr Schlaf wurde seicht und unruhig, nachts fror sie. Die riesige Woolf-Biografie verschlang sie in großen, hastigen Brocken, und jede Woche rannte sie durch die Woodstock Road zum Tutorium, um Patricia neue Fragen vorzulegen: Wie hat sie das gemacht, wo fand sie trotz ihrer Krankheit den nötigen Raum in ihrem Tag, ihrem Kopf, ihrem Stoffwechsel, um zu denken, zu lesen und *so* zu schreiben?

Irgendwann sagte Patricia sanft: Sie war eine Ausnahme.

Der sanfte Ton entging ihr nicht. Sie saß schweigend da und wünschte sich, das Trimester würde nie zu Ende gehen.

Patricia fuhr fort: Wenn man sich mit einer so außergewöhnlichen Autorin auseinandersetzt, muss man erst einmal die Tatsache verarbeiten, dass man sich nicht mit ihr messen kann. Glaub mir, ich weiß, wovon ich spreche.

Es war ihr letzter Termin, aber Patricia bot ihr nicht an, irgendwann einmal auf einen Tee vorbeizuschauen oder überhaupt in Kontakt zu bleiben. Als sie zu ihrem College zurücklief, versank der Nachmittag bereits in einer kalten Dämmerung. Sie tröstete sich mit einem gebutterten Rosinenbrötchen in einem Café, machte sich Notizen, kehrte in ihr Zimmer zurück, setzte sich an den Schreibtisch und las. Abends aß sie nur eine Banane, und als sie sich schlafen legte, musste sie an ein schmales Stehpult denken, an einen Spaziergang in den Hügeln, an einen Füllfederhalter, der unablässig über das Papier kratzt und schreibt und schreibt. In der darauffolgenden Woche verfasste sie ihre Woolf-Hausarbeit in vollkommenem Schweigen, und nichts und niemand leistete ihr Gesellschaft als die flaue Übelkeit in ihrem leeren Magen.

Jedenfalls hatte zuletzt irgendwer beschlossen, dass sie lange genug gewartet hatte. Nach dem Trimester fuhr sie nach Hause und versank sofort in der dunklen, samtigen Erotik der Weihnachtsfeiertage. Alles deutete auf einen heimlichen Triumph hin, möglicherweise würde sie an eine Wand gedrückt und ausgiebig geküsst. Und dann lief sie im Kaufhaus Rich in die Arme. Sie waren beide allein unterwegs. Der Zufall war so schön, dass sie sich fragen musste, ob sie ihn selbst herbeigeführt hatte. Rich hatte sie seit zwei Jahren nicht mehr gesehen, und ihr war klar, dass ihre tiefere, leisere Stimme ihn verwirrte. Sie merkte, wie er alles versuchte, um das Gespräch in Gang zu halten. Machte Oxford noch Spaß, hatte sie viel zu tun? An welcher Uni wollte Sophy sich bewerben? Würde ihre Familie zum Weihnachtskonzert kommen? Hatte ihre Mutter ihr erzählt, wie schwierig die Partitur war, oder fand sie sie am Ende leicht? Ha, ha. Um sie herum ging das verzweifelte Shopping weiter, alle hatten einen Tunnelblick. Die Gelegenheit war perfekt, er brauchte sie nur zu ergreifen. Zuletzt schluckte Rich dort in der Haushaltswarenabteilung seine Befangenheit hinunter und lud sie auf einen Kaffee ein.

Einer Eingebung folgend wirft sie den Sonetten diese Erinnerung hin, und etwas passiert. Will!, ruft eine vertraute Stimme. Will hat kaum Zeit, sich zu sammeln, schon steht der hübsche junge Mann vor ihm, er strahlt und seine weißen Zähne leuchten im Halbdunkel. Lass uns ins Rose and Crown gehen und auf Christi Geburt anstoßen! Will nickt. Mit verkniffenem Gesicht und klopfendem Herzen folgt er seinem Peiniger in die überfüllte Taverne.

Im Café sagte Rich Sätze wie: Hast du einen Freund, und: Ich denke immer noch oft an dich, und: Du bist noch stiller als früher. Ich weiß, antwortete sie mit einem knappen Lächeln. Rich, das zuverlässige Barometer, lässt sie pausenlos wissen, wie sie rüberkommt, anscheinend kann er nicht anders. Danach gingen sie in einen Pub und tranken Glühwein. Sie saßen so dicht beisammen, dass ihre Knie sich berühren konnten, wann immer sie wollten. Er schob eine Hand an ihrem Oberschenkel hoch und sie erstarrte, was er fälschlicherweise als Unbehagen deutete. Womöglich spiegelte ihr Gesicht ihre Gefühlslage nur unzureichend wider. Eine lüsterne Geste wäre passender gewesen; ein tiefer Blick und ein mildes, spöttisches Lächeln hätten ihn sicher ermutigt. Weil sie so selten lächelt, wird sie von der Welt oft missverstanden, und Rich hält sie ohnehin für schüchtern. Er entschuldigte sich und zog die Finger weg, woraufhin sie gezwungen war, seine Hand zu nehmen und sich wieder aufs Bein zu legen.

Jetzt ist sie fast einundzwanzig und ganz offiziell eine Person, mit der Rich guten Gewissens alles tun darf, was er in seiner Mail nicht aussprechen wollte: sie küssen, sie ficken, sie besuchen. Hinzu kommen noch andere Aktivitäten, die man wohl *lasziv* nennen könnte: sie befummeln, minutenlang ihren Hals küssen, sie an der Taille festhalten, sein Gesicht zwischen ihre Beine schieben und langsam über ihren Schlitz lecken. Anscheinend hat sein Verantwortungsgefühl sich umorientiert, und nun lässt er seiner Begierde freien Lauf: *Annabel,* stöhnt er ungeniert.

Von hinten ein unerwartetes Geräusch, sie wird von einem Jogger überholt. Er ist groß und trägt Shorts, sein üppiges rotes Haar wippt bei jedem Schritt. Wenn ein Fuß auf dem Boden aufkommt, nehmen die Muskeln in Wade und Oberschenkel scharfe Konturen an. Morgenlust, angenehm feucht.

Der Fluss ist absolut lautlos und verschwindet gen Osten im Nebel, Richtung London. Eine Kopfweide spreizt die dünnen, orangebraunen Zweige ab. Oh, Rich. Vielleicht sollte er sie wirklich besuchen und sie in ihrem natürlichen Lebensraum sehen, wie ein Annabel-Tourist. Sie könnten gemeinsam durch das vereiste Oxford streifen und anschließend im Hotelbett unter die dicke, gemusterte Tagesdecke kriechen. So langsam kann sie das, was in den Sonetten passiert, die Geschichte vom nervösen älteren Liebhaber und seiner ungeduldigen Geliebten, fast nachvollziehen. Rich ist nämlich auch Dr. Richard French, ein sechsunddreißig Jahre alter Allgemeinmediziner, der seine Ausbildung in der Notaufnahme gemacht hat und Menschen auf dem Operationstisch sterben sah; der jeden Tag Opiate verschreibt und alte Damen aufmuntert, und einmal hat er in seiner Küche zum Stethoskop gegriffen und ihr die kalte Scheibe unter den BH geschoben. Sie musste japsen, er musste lächeln – aber er hat Angst vor ihr, jawohl, er fickt sie mit angehaltenem Atem. Er möchte sie besuchen und fürchtet, sie könnte nein sagen. Inzwischen hat alles den leichten Beigeschmack seiner Angst.

Eine neue Idee: Vielleicht fällt ihr etwas ein, wenn die Sonette nicht mehr so kühl zu ihr heraufstarren. In Gedanken sondert sie eins von der Gruppe ab und landet bei Denkmälern und Schiffen, einem Flakon Rosenwasser, einem launischen Pferd, einem dunklen Augenpaar. Schädlinge in Rosen, faulende Lilien, eine verschlossene Truhe voller Juwelen. Des Jahres Fülle, was so viel bedeutet wie die Ernte im Herbst. Der Sichel des Todes, den schwarzen Linien der Poesie, dem Jungen Mann, für immer grün. Ein Ausdruck kommt ihr in den Sinn: *die Verzweiflung der Metapher*.

Und dann das Liebesdreieck. Der Junge Mann hat mit der Geliebten des Dichters geschlafen, er wird es wieder tun, hat sie ihm vollends ausgespannt. Seine Untreue und ihre, aber die des Jungen Mannes ist schlimmer. Nimm meine Lieben, Lieb, ja, nimm sie alle. Subtext: Nimm sie mir alle, gieriges Arschloch, du. Und da schwingt auch eine gewisse Genugtuung mit, oder? Er spricht es freudig aus, und schon sind die liebenden Verräter verteidigt. Nüchtern, verletzt und voller Hochmut setzt er seine Unsinnslogik durch. Meinetwegen, sagt er. Im Gegensatz zu euch beiden kann ich erkennen, dass sich das alles auf mich bezieht; ihr planscht nur in dem Wasser, das ich unweigerlich in meinen Abfluss sauge. Geht ficken, wenn ihr wollt. Rein strukturell bleibe ich der Gewinner.

Sie kehrt von ihrer Runde über die Wiese zurück. Sie hat den Nebel jetzt erfahren, die Feuchtigkeit bedeckt ihren Kopf, da ist auch schon der Weg zum College. Sie hat allen Grund, zurückzugehen und weiterzuarbeiten.

Sie hält inne und sieht sich um, die Morgensonne funkelt auf dem nassen Wintergras. Das feste Gewebe ihres Tagesablaufs hat einen kleinen Riss, von jetzt an zerfasert es wie von allein. Die Entscheidung ist gefallen, sie wird eine zweite Runde drehen.

Mit jubelnden Beinen läuft sie los, und in der kalten, weiten Ferne ertönt ein Glockenschlag.

Vielleicht war es unvermeidlich, doch nun fühlt es sich trotzdem überraschend an. Etwas regt sich in ihrem Kopf, und der GELEHRTE erscheint wie von hinter einem Baum. Groß, ernst, im schwarzen Mantel. Erfreut nimmt sie seine hohe, schlanke Gestalt an. Nun geht sie mit seinen langen, gemessenen Schritten über den Weg, blickt in die Bäume und über die Wiesen, studiert den Nebel durch seine scharfen Augen. Auf einmal sieht sie überall Muster, Substanz und ein nasses Leuchten. Er weiß, unter welchen Umständen dieser Nebel entstanden ist, er nimmt ihn zur Kenntnis und streut sich das Wissen über den Verstand wie Puder.

Da ist er also. Er geht. Er hat das Haus verlassen, um eine komplizierte Denkaufgabe zu lösen. Er betrachtet die geschwollenen Beulen am Stamm einer Platane, ihre nassen, tropfenden Äste. Doch unwillkürlich muss er an seinen Freund denken, falls *Freund* das richtige Wort ist. An seinen VERFÜHRER. Nicht, dass *Verführer* treffender wäre, schließlich ist er immer noch nicht verführt worden, daher das endlose Grübeln. Er sollte arbeiten, doch stattdessen geht er spazieren, nimmt unterschiedliche Eindrücke auf und hängt seinen Gedanken nach. Was geschieht, wenn immer wieder nichts geschieht?

Er hört Schritte und dreht sich um. Der VERFÜHRER holt ihn ein: Ah, dachte ich mir doch, dass du hier draußen bist. Er sieht wirklich gut aus. Seine warme, unvorstellbar teure Kleidung aus dunkelgrauem Filz. Das lange, helle Haar hat er sich in den Kragen gesteckt, damit es sich nicht am Stoff verfängt. Der GELEHRTE beißt kurz die Zähne zusammen und versucht, diese schweren Locken zu ignorieren. Dass die Lederhandschuhe des VERFÜHRERS mit blauer Seide gefüttert sind, weiß er, seit er einen aufgehoben und hineingesehen hat. Der VERFÜHRER mag es schlicht. Er ist elegant, ja, aber da ist noch mehr, die geballte Wucht von Qualität und Stilsicherheit. Wenn der GELEHRTE an ihn denkt, geht ihm stets derselbe Ausdruck durch den Kopf: *gewusst, wie.*

Jedenfalls sind sie nun beide hier draußen im Garten des großen Anwesens, das, wie sie eben beschlossen hat, dem VERFÜHRER gehört; der GELEHRTE ist nur ein Gast. Was dem GELEHRTEN die Möglichkeit eröffnet, seinen Freund von Kopf bis Fuß zu mustern und zu fragen: Heute im Gutsherrenstil?

VERFÜHRER: Gefällt es dir nicht?

GELEHRTER: Das habe ich nicht gesagt.

So klingen alle ihre Dialoge, ebenso schnippisch wie liebevoll. Diese unterschwellige, glühende Anziehung.

Sie verfallen in einen Gleichschritt. In Gedanken gehen sie rechts und links von ihr und begleiten sie. Der GELEHRTE schweigt, er ist sehr darauf bedacht, sich nicht über die Begegnung mit dem VERFÜHRER zu freuen. Er erinnert sich daran, dass er gereizt sein sollte, denn gestern Abend hat er schon wieder eines dieser direkten, absolut *indirekten* Komplimente erhalten: Lieber Freund, du bist wirklich unvergleichlich. Berührt man das Magnetfeld mit dem Finger, fängt es zu wabern an. Natürlich errötete der GELEHRTE vor Freude, doch er hielt es für ratsam, sich vorsichtig herauszuwinden: Das meinst du doch nicht ernst. Ich gehe jetzt ins Bett.

Aus diesem Grund ist er heute noch nervöser als sonst. Er bleibt stehen, geht in die Hocke, zerteilt das Gras und legt die Finger sanft an eine Pflanze.

Was ist denn?, fragt der VERFÜHRER hinter ihm.

Der GELEHRTE wendet halb den Kopf. (Schnell denkt sie sich etwas aus.) Eine Moschusrose, sagt er.

Ah, ja. Ein starkes Aphrodisiakum, nicht wahr?

Der GELEHRTE richtet sich angewidert auf und wischt sich Erde und Wassertropfen von den Händen. Für andere Pflanzen interessierst du dich wohl nicht, sagt er und stakst davon. Der VERFÜHRER schmunzelt, ist aber ein bisschen gekränkt. Er beeilt sich, den Freund einzuholen und abermals seine Gunst zu gewinnen.

Die beiden begleiten sie schon seit Jahren. Sie sind ihr in Fleisch und Blut übergegangen. Natürlich unterzieht sie sich deshalb immer wieder dem eigenen kritischen Blick. Was das Ganze über sie aussagt. Warum die zwei ständig mit wehendem Umhang über den Campus eilen. Warum der VERFÜHRER eine Ehefrau hat, wie könnte es anders sein, und dazu viele Geliebte, diese aber bei jeder sich bietenden Gelegenheit mit Ausreden, Entschuldigungen und Geschenken vertröstet, um einen Abend mit dem GELEHRTEN verbringen zu können. Und was hat es zu bedeuten, dass der GELEHRTE alleinstehend ist, hager und kantig und immer angespannt, weil er seinen Verstand mit selbst gebrauten Tränken wachhält? Hin und wieder, ungefähr zweimal im Jahr, versagt sein Körper, und dann muss er wochenlang ausschlafen, vorzugsweise im Haus des VERFÜHRERS. Dort wird nur für ihn ein Zimmer freigehalten. Der VERFÜHRER pflegt ihn mit unendlicher Sorgfalt, und die Hausangestellten dürfen immer nur bis an die Tür kommen und nie den Raum betreten. Manchmal kommt er nach dem Abendessen herauf und sieht, dass sein Freund mit einem geöffneten Buch auf der Brust eingeschlafen ist. Sein Blick ist fieberhaft über die Seiten gejagt, bis er vor Erschöpfung das Bewusstsein verlor. Wenn sie nicht einschlafen kann, denkt sie sich manchmal in den langen, erschlafften Körper des ruhenden GELEHRTEN hinein, der die Arme um das dicke Kissen schlingt. Meistens funktioniert es.

Und was hat es zu bedeuten, wenn sie selbst in der Szene auftritt, damit der VERFÜHRER seine Fähigkeiten an ihr demonstrieren kann? Sie stellt sich vor, wie er sie manipuliert. Ein Empfang mit Getränken. Sie weiß, er wird kommen, sie verfolgt die Gerüchte über ihn seit Monaten und sehnt sich nach einer Begegnung. Und dann ist der Moment endlich gekommen und sie werden einander vorgestellt. Sie zittert, sicher wird er es bemerken? Aber nein, er gibt ihr höflich die Hand und wendet sich ab, und das war's. In seinem Gesicht nicht einmal ein Hauch von Interesse. Er geht zurück zum GELEHRTEN, und die beiden lehnen sich an die Wand wie zwei Prinzenbrüder bei einer Versammlung des niederen Adels. Sie ist nicht nur enttäuscht, sondern geradezu gedemütigt, sie kann es nicht fassen und sieht sich mit glühenden Wangen um. Die anderen Gäste unterhalten sich über die beiden, ja, das ist sein bester Freund aus Studientagen, angeblich ist er furchtbar gebildet. Der allseits bewunderte GELEHRTE windet sich, ihm wird warm und er entfaltet sich ein bisschen, wie ein Farn, und da begreift sie, gegen ihn hätte sie nicht den Hauch einer Chance.

Wie dem auch sei. In Wahrheit lässt der VERFÜHRER sie nicht aus den Augen, beziehungsweise ihr Verlangen. Sobald die wollige Masse in die Länge gezogen und fest verzwirbelt ist, sobald er sie am Ende eines langen, steifen Fadens hält, sobald sie restlos kapituliert, sich wegen ihres Verlangens selbst runtermacht und nach Hause gehen will, taucht er vor ihr auf, einen Drink in der Hand. Er gibt sich sanft, fast schüchtern, als fürchte er, seine Gelegenheit verpasst zu haben, und in der Tat weiß er, dass er ihr keinesfalls den Eindruck vermitteln darf, er lache über sie, denn sie ist sehr empfindlich. Er fragt nach ihrer Forschungsarbeit und teilt feinst dosierte Schmeicheleien aus. Während das Gespräch voranschreitet, scheint er zunehmend ihren Charme zur Kenntnis zu nehmen. Möchtest du die Unterhaltung, fragt er, bei einem Abendessen fortsetzen? Ihre Kehle schnürt sich zu, in ihrem Kopf ein Tosen, es passiert wirklich. Der GELEHRTE beobachtet sie vom anderen Ende des Zimmers aus und versucht angestrengt, seine Eifersucht im Zaum zu halten, indem er die

Szene mit Dutzenden anderen vergleicht, die er in der Vergangenheit miterlebt hat. Der VERFÜHRER legt ihr den Mantel um die Schultern, und während er sie hinausbegleitet, zwinkert er seinem Freund zu. Der GELEHRTE lässt ihnen einige Minuten Vorsprung, dann geht auch er, ganz allein.

Sie kommt zu sich und folgt weiter dem dunklen Fluss. Bleibt am Ufer stehen, lehnt sich an einen Baumstamm und betrachtet alles durch die Augen des GELEHRTEN. Was sähe er. Endlos nimmt das Wasser den Raum ein, und dann den Raum dahinter, als sehnte es sich danach, anzuhalten, in einem Becken zur Ruhe zu kommen und sich nur noch auf der Stelle zu bewegen, als Binnenströmung. Wo fühlt Wasser sich am wohlsten. Sicher nicht in einem Glas, so schutzlos und nach allen Seiten exponiert. Vielleicht in einem starken, breiten Strom mit tiefen, kräftigen Strudeln. Oder in einem großen, schwarzen, unterirdischen See. Erleichtert verschwindet es im Dunkeln.

Sei nicht so, sagt der VERFÜHRER zärtlich, als die beiden am Ufer stehen.

Sie nimmt die Körperhaltung des GELEHRTEN ein und versteift die schmalen Schultern, niedergedrückt von einer schönen Traurigkeit. Er antwortet nicht.

Möchtest du, dass ich gehe?, fragt der VERFÜHRER.

Der GELEHRTE sagt immer noch nichts. Oh, er weiß, dieses Spiel ist auf Vergebung aus, überall liegen taktisch platzierte Schlingen. Doch er ist längst gefesselt, ziemlich fest sogar. Er bringt nichts weiter hervor als … nun, wie würde er es ausdrücken … sie geht die Optionen durch. Tja, jetzt bist du ja wieder da. Vielleicht macht er dem VERFÜHRER ein spöttisches Kompliment für dessen dekorative Anwesenheit in der Szene. Oder er sagt einfach nur müde: Nein, bleib.

Sie geht weiter. Der GELEHRTE untersucht eine der Weiden. Sieh mal! Er zeigt auf die Rinde. Sie wird noch dieses Jahr eingehen, oder nächstes. Wie ich gehört habe, sind sie, wenn sie einmal dieses Stadium erreicht haben, kaum zu retten.

Der VERFÜHRER schüttelt den Kopf. Immerzu sagst du mir unangenehme Wahrheiten, die ich nicht hören will.

Der GELEHRTE sieht ihn kurz an und richtet den Blick dann wieder auf den Baum. Ich erweise dir den Gefallen, nicht deine Zeit zu verschwenden. Er ringt immer noch mit – er weiß nicht, womit. Er tritt zurück auf den Weg, sie gehen weiter.

Sie hat versucht, dem GELEHRTEN Türen zu öffnen, damit auch er etwas wohlverdientes Tageslicht bekommt. In seinem College findet er einen Freund, der ihm ähnelt. Der KOLLEGE ist ein fleißiger Mensch, sanft, fröhlich und verschroben. Er forscht auf dem Gebiet der (sie überlegt) Bienen vielleicht, oder der Disteln. Eine kleine Freundschaft, bislang beschränkt auf kleine Gärten und Innenhöfe, aber sie wächst. Sie unterhalten sich über das Verhalten der Vögel, die Muster der Eiskristalle an der Fensterscheibe, die nachlassende Qualität des am College ausgeschenkten Weins. Sie kommen überein, im Sommer gemeinsam in die Alpen zu reisen und dort Flechten zu erforschen.

Der VERFÜHRER bemerkt den neuen Einfluss, da ist eine ungewohnte, muntere Gelassenheit im Gesicht seines Freundes, die ihn an frischen Bergschnee denken lässt. Er wartet, bis der GELEHRTE unbedacht einen Namen preisgibt, dann leitet er Gegenmaßnahmen ein. Genauer gesagt macht er den KOLLEGEN ausfindig, folgt ihm in einen Gasthof, stellt sich unaufgefordert vor und spendiert dem KOLLEGEN ein teures Getränk. Verführt ihn ohne größere Mühe und erwähnt es einige Tage später wie beiläufig dem GELEHRTEN gegenüber, als wäre ihm die Bedeutung des Ganzen nicht bewusst. Dem GELEHRTEN wird schwindelig vor Zorn und vor Schrecken, gleichzeitig weiß er genau, dass es nur seinetwegen passiert ist; so erbittert bewacht zu werden, entzückt ihn. Er wünscht sich, er hätte dabei sein und sehen können, wie es sich abgespielt hat, die Überraschung und dann den Argwohn im Gesicht des KOLLEGEN, zuletzt seine Hilflosigkeit. Es fühlt sich an, als hätte er den Arm ausgestreckt und sich den KOLLEGEN eigenhändig ausgespannt. Er wünscht sich, er fände die fragwürdige Konstellation weniger faszinierend.

Beim nächsten Abendessen huschen dunkle Schatten über das Gesicht des KOLLEGEN. Wenn der GELEHRTE ihn ansieht, schlägt er schnell die Augen nieder. Beide wissen, was der andere weiß. Oh – der Anblick des Gegenübers macht sie traurig – oh, das ist der Moment, in dem der GELEHRTE ihm entgegenkommen muss: Vielleicht sollten wir drüber reden, es ist ja kein Weltuntergang, ich gebe ihm die Schuld, nicht dir. Aber der GELEHRTE ist zu beschäftigt damit, sich in köstlichem Selbsthass zu suhlen, er freut sich immer noch über den schmeichelhaft besitzergreifenden Schachzug des VERFÜHRERS, der sich fast wie ein indirekter Triumph über den KOLLEGEN anfühlt: Ja, *so* einen Freund habe ich, er ist wirklich gut, nicht wahr? Der GELEHRTE weiß, er steht im Zentrum des Ganzen. Die anderen haben nichts weiter beigetragen, als den Blickwinkel zu vervielfachen.

Ah, sie erkennt, was sie da tut. Wie lautet der Vers gleich? Der Vers mit den liebenden Verrätern, die zu entschuldigen sind? Sie wünscht sich, sie fände die fragwürdige Konstellation weniger faszinierend.

Nun aber zu *Rich* … Sie denkt den Namen mit Nachdruck, verleiht ihren Schritten einen neuen Schwung. Sie darf jetzt nicht ins üppig grüne Dunkel oder auf glitschiges Moos geraten. Rich plant keine hinterlistigen Manöver, er ist ein Standartenträger der Liebe und will zum Haupttor hinein. Dennoch. Er hat eine gewisse *Präsenz*, ist ein *anderer Mensch* – etwas, womit sie nicht so gut zurechtkommt. Die schiere Wucht der anderen Menschen. Falls er sie besucht, wird alles anders sein, all das hier, die kühle, luftige Weite in ihrem *Kopf* – genüsslich dreht sie ihn mit geöffnetem Mund von rechts nach links – all das bliebe ihr tagelang verwehrt und würde unter der dunklen Decke seiner Gegenwart verschwinden. Sie kann sich genau vorstellen, wie es ablaufen würde. Sie wird sich darüber ärgern, dass er ihr beim Gehen einen Arm um die Taille legt, oder auch nicht. Sie wird ihm Dinge an den Kopf werfen wie Seesterne, die er mühsam wieder abziehen muss. Er wird so etwas sagen wie: Ich dachte, wir machen uns ein schönes Wochenende, woraufhin sie zu weinen anfängt, und dann muss er sie in den Arm nehmen. Sie werden mindestens einen ganzen Tag verlieren, wenn er ihr zu erklären versucht, dass er sie, wie hatte er sich ausgedrückt, wirklich *sehr gern* hat, Herrgott noch mal.

Außerdem muss sie, falls er sie besucht, ihre Aufgaben für Samstag und Sonntag verschieben, das Einkaufen und die Wäsche, sie wird Bridget nicht besuchen können, stattdessen den Sonntagabend am Schreibtisch verbringen und *Antonius und Cleopatra* lesen, während der Schlafmangel ihr auf Kehle, Brustkorb und Magen drückt. Beim Tutorium wird sie kein Essay vorlegen können, das darf sie dann am Montagabend nachschreiben. Wenn sie am Dienstagmorgen aufwacht, wird sie bereits müde sein, und so weiter. Der Besuch wird in die kommende Woche überschwappen wie eine Bugwelle. Doch die anderen Studentinnen bekommen auch Besuch von ihren Freunden. Wie organisieren sie das, warum können sie …

Nein. Jetzt wird sie überheblich, man sieht es an ihrem Gang. In ihrem stolzen Dilemma hat sie angefangen, die Arme zu schwingen, das muss doch wirklich nicht sein. Sie wird sich entscheiden wie ein normaler Mensch. Sie wird sich entscheiden, als stellte sie ein Buch ordentlich ins Regal zurück.

Sie erreicht den Campus, das Licht hat sich verändert. Es ist jetzt kein schwaches, vages, alles bedeckendes Leuchten mehr, sondern von blauen und braunen, rechtwinkligen oder keilförmigen Schatten durchsetzt. Auf einer kleinen, dunklen Rasenfläche stehen die Schneeglöckchen wie abgezählt, und O GOTT die Kapellenglocke ist so laut, dass sie zusammenzuckt wie vom Klöppel getroffen. Zehn Uhr. Der Spaziergang hat sie eine Stunde gekostet, nun muss sie aber wirklich weiterarbeiten. Sie biegt auf den kalten, schattigen Weg ein und versucht zu begreifen, dass der Tagtraum nun zu Ende ist.

Zurück ins College und über den Hof. Kurz ist sie der VER-FÜHRER in seinem Zuhause, er hat den GELEHRTEN an seiner Seite. In ihren Gedanken flackert ein Vergleich auf: Beide sind gleichermaßen arrogant, aber auf unterschiedliche Weise. Der GELEHRTE muss immer recht behalten, was er für gewöhnlich auch bekommt. Der VERFÜHRER räumt gern ein, dass er im Unrecht ist, solange es ihn charmanter erscheinen lässt. Doch was er in Besitz nimmt, gehört ihm voll und ganz, dieses Haus beispielsweise. Sie zieht die Schultern zurück und reckt ganz leicht das Kinn vor. Seine kristallgrauen Augen leuchten herrlich unbesorgt. Diese Steinmauern sind sein natürliches Umfeld, erbaut von seinen Ahnen.

Türenschlagen, Stimmen – da kommen Robbie Fisher und Alex Grosz aus Treppenhaus vier. Sie lächelt kurz, die beiden grüßen lässig zurück. Beide studieren Geschichte, beide tragen die Windjacke des Ruderclubs, wahrscheinlich sind sie auf dem Weg zu einem Sonntagsfrühstück. Alex lacht laut über etwas, das sie nicht gehört hat. Ihre Haut kribbelt und zieht sich zusammen, sie schiebt die Tür zu ihrem Treppenaufgang auf. Es wird während des gesamten Frühstücks so weitergehen, Robbie und Alex sind gut gelaunt, gut aussehend und ein bisschen gedankenlos, beide haben zeitgleich mit ihr ein Stipendium erhalten, vermutlich werden beide mit Auszeichnung bestehen und dann irgendeinen interessanten, gut bezahlten Job annehmen. Das Treppensteigen ermüdet ihre Beine. Während sie den Schlüssel aus der Tasche zieht, stellt sie es sich vor: zu studieren und gleichzeitig dreist zu sein, auf mitreißende Weise brillant und im alltäglichen Umgang rücksichtslos; in einem fort zu fluchen und zu pauschalisieren. Gelehrsamkeit ohne Neurose.

Ihr Zimmer ist ein heller Wärmetank. Sie wirft Handschuhe, Schal und Mantel aufs Bett, greift zum Wasserglas, trinkt den letzten Rest und spürt die Kälte auf der belegten Zunge. Geht ins Bad, um das Glas erneut zu füllen, betrachtet sich im Spiegel. Sie sieht schon besser aus. Lebensechtes Rosa auf Wangen und Nase. Also dann. Das war alles überhaupt nicht geplant. Da waren der Nebel, der GELEHRTE und der VERFÜHRER, der Fluss und ihre energiegeladenen Beine. Ob das alles hilfreich war, wird sich nun erweisen. Sie würde sich gern einreden, etwas Schönes zu bewundern, sei niemals Zeitverschwendung. Doch dies ihr keinen Essay schreibt. In schonungsloser Ehrlichkeit rechnet sie nach. Sie hat das Haus vor einer Stunde und acht Minuten verlassen, also wird sie nach dem Mittagessen eine Stunde und acht Minuten anhängen. Ihrer strengen Zeiteinteilung wäre damit Genüge getan.

Der Himmel ist jetzt blau und weiß gefleckt und nichts Besonderes mehr, trotzdem steht sie grübelnd am Fenster. Robbie und Alex nennen einander *Kumpel*, sie findet das leicht gekünstelt. Die Jungs umarmen sich hart und flüchtig. Sie stehen niemals dicht beisammen, keine feste Umarmung, kein zärtliches Drücken, kein Kuscheln, keine Liebkosungen. Wohingegen. Das Bild eines Mannes, der über das Samtrevers am Mantel eines anderen Mannes streicht. Das Knistern und Rauschen seines köstlichen Verlangens. Das Wort *köstlich*. Gleiten und streicheln statt stoßen und rammeln. Leises Gemurmel. Den eigentlichen Sex findet sie weniger interessant als die Frage, auf welchen Bahnen die Ekstase aus dem Unbewussten herausdrängt. Alle jungen Männer des College haben Köpfchen, Geld, ein symmetrisches Gesicht und eine Vorliebe für Alkohol, sie kann sie kaum auseinanderhalten, stellt es sich aber trotzdem vor. Ihr betrunkenes Torkeln auf dem Heimweg vom Pub, in der Bear Lane oder der Wheatsheaf Alley ein plötzliches Erschrecken, blendende Lust, eine Umarmung. Es wäre nicht undenkbar. Eine gedämpfte, unfassbar vergnügliche, im Schutz der Nacht verbrachte Stunde im Bett. Das Ganze wird zu einem regelmäßig ausgeübten, geheimen, irgendwie mondänen Hobby. Oder vielleicht auch nicht; danach wendet sich der eine grinsend seinem Alltag zu, der andere leidet und verzehrt sich vor Sehnsucht.

Womit wir beim Thema wären. Schon wieder hat sie sich beim Herumstehen erwischt. Vorwurfsvoll stupst ein Teil ihres Verstandes den anderen an. »Los jetzt«, sagt sie sanft. Zurück zu den Sonetten.

Sie setzt sich wieder an den Schreibtisch und macht eine kurze Inventur. In ihrem Kopf herrscht immer noch Bewegung. An ihren starken Wanderbeinen hängt ein starker Wanderverstand, der nun erst einmal zur Ruhe kommen muss. Wie sie da am Schreibtisch sitzt, mit frischer Luft in der Lunge und in einem Körper, der dem Tag meilenweit voraus ist, fühlt sie sich wie auf einer steilen Klippe. Als hätte sie jetzt schon etwas geleistet. Wie ein Bauer, der am späten Vormittag von Feld und Scheune zurückkehrt und bei einer Tasse Kaffee die Buchhaltung erledigt. Er darf den Kaffee genießen, er hat ihn sich redlich verdient.

Irgendwo hat sie gehört, Ted Hughes habe während seiner Zeit in Cambridge jeden Morgen zwischen sechs und neun ein Stück von Shakespeare gelesen. Der Gedanke steht offen wie eine Tür. Sie könnte den Ablauf neu gewichten und jeden Tag mit Shakespeare-Lektüre beginnen, bei jedem Wetter zweimal um die Wiese laufen und sich danach bei einem Kaffee an die eigentliche Arbeit machen in dem Bewusstsein, unabhängig von der restlichen Tagesproduktion etwas geschafft zu haben. Angenommen, sie finge morgen damit an, sechsmal pro Woche und für die nächsten fünf Wochen. Bis zum Trimesterende hätte sie fast alle Stücke gelesen. Sie kennt Shakespeares Gesamtwerk nicht, diese Spitzenleistung steht immer noch aus …

Nein. Die Denkweise kommt ihr bekannt vor. Die eigene Routine weiter zu perfektionieren, um aus dem Tag noch mehr herauszuholen, wie damals in ihrem Kinderzimmer, als sie glaubte, durch das Umstellen der Möbel die Begrenzung des Raumes überwinden zu können. Wie der Versuch, noch mehr Perlen auf eine Kette zu fädeln oder durch das Tragen eines zusätzlichen Messingrings den eigenen Hals zu verlängern. Einmal hat sie etwas über die Frauen eines südostasiatischen Volkes gelesen: Der Hals wird gar nicht länger; der Druck verformt das Schlüsselbein und erzeugt so einen Eindruck von Länge. Trägt der Vergleich? Ja. Ja, in ihrem Tagesablauf steckt genau so viel Zeit, wie sie hat. Ted Hughes soll seine Zielstrebigkeit draußen vor der Tür lassen und aufhören, sie zu verwirren.

Aber. Sie holt ihre Gedanken wieder ein. Es ist an der Zeit für bewusstes Denken. Als sie im letzten Trimester endlich mit ihrer Tutorin und ihrer Autorin allein war, mit Patricia und Virginia Woolf, lautete die erste große Frage: Welche moralischen Gesichtspunkte sind bei der Lektüre zu berücksichtigen? Wie, fragte Patricia, möchte Woolf gelesen werden?

Aber, hatte sie widersprochen, was ist mit dem intentionalen Fehlschluss, dem Tod des Autors …

Nein, sagte Patricia, ich spreche nicht von Woolf als Person, das sparen wir uns. Ich meine ihre Texte, was möchten diese Texte von uns? Wie liefern wir uns ihnen aus? Oder auch: Was setzen sie voraus? Sagen wir mal, du reagierst auf eine vage, unklare Weise darauf. Du hast eine unbestimmte Ahnung. Wie willst du sie aufzeigen, wie verwandelst du sie in eine kritische Analyse?

Der Gedanke war neu, sie fühlte ihn als sanfte Brise durch ihre Äste und Blätter streichen. Sie kamen sofort überein, dass Woolf langsam gelesen werden möchte, mit allen Sinnen. Man muss in jedes Wort und jeden Satz eintauchen, und zwar sehr, sehr langsam. Dazu braucht es eine Leserin, die fast so intelligent und empfindsam ist wie die Autorin. Stell dir vor, sagte Patricia, in welchem Tempo sich ihre Feder bewegt hat. Das mächtige Vorandrängen ihres Intellekts.

In ihr ein gähnendes Vakuum, *Gott*, wie sehr sie es vermisst, Woolf zu lesen. Sie schließt es sanft, wie eine Tür.

Dann also zu den Sonetten. Man sollte sie langsam lesen, wie alle guten Gedichte. Und wie alle guten Gedichte sind sie versessen darauf, auswendig gelernt und als kleine Juwelen herumgezeigt zu werden. Die Stücke sind natürlich auch sehr komplex, auch ihnen lässt sich alles Mögliche abgewinnen, man kann sich hinsetzen und *Was ihr wollt* Wort für Wort lesen; aber die Stücke sind forscher, sie schlagen ein anderes Tempo an und wechseln immer wieder die Richtung. Man muss den Kopf hin und her drehen, um den Dialogen zu folgen. Sie machen Spaß, sie glitzern wie Wasser, sie sind *beweglich*. (Anscheinend steht sie immer noch ein bisschen unter dem Eindruck von Kenneth Branagh.)

Zum Vergleich: eine Seite mit einem einzigen Gedicht darauf. Die Sonette gähnen und erstarren, wie die Leserin. Sie sind anstrengend, sie tun weh. Alle Witze und Pointen müssen langsam eingestielt werden. Sie greift zum Stift und macht sich erste Notizen. Eine Sonettsequenz ist ein Gedicht und zugleich viele Gedichte. Das Schriftbild ist natürlich auch von Bedeutung. Der knauserige Drucker George Eld quetschte die Buchstaben im Jahr 1609 dicht zusammen, nicht einmal Zeilenabstände gab es, nur die Nummer des nächsten Sonetts, und weiter ging's. Mitten auf der Seite schwenkte der Fokus vom Jungen Mann auf die Dunkle Dame um. Ihre schicke moderne Ausgabe räumt hingegen jedem Sonett eine eigene Doppelseite ein. Links stehen die Anmerkungen, rechts das Sonett, schwebend auf einer weißen Fläche wie in einem stillen, doppelt verglasten Raum. Manche Gedichte existieren in der Welt, andere nicht.

Was noch. Einige gehören unverkennbar zusammen. Das eine ergibt sich aus dem anderen, und am Ende entsteht eine Art Argumentationskette. Manche wirken eher ... amnesisch? unaufrichtig? Denn sie verleugnen das Ausmaß der

Wiederholungen und die dahinterstehende Kraftanstrengung. Er umflattert seine Themen wie ein kleiner Vogel, der sich täglich neu auf dasselbe Gewirr aus Zweigen stürzt. Oder er hockt da wie ein Einbrecher, der sein Stethoskop an den Tresor hält und langsam das Rad dreht; mit angehaltenem Atem lauscht er auf den Moment, wenn alles einrastet, die Tür aufspringt und er mit vollen Händen die Rubine herausholen kann.

Ah, sie hat eine wertvolle Information übergangen. Wo war sie gleich – ja, *amnesisch*, ein nützlicher Gedanke, sie schreibt das Wort auf und umkreist es. Das Wort *unaufrichtig* notiert sie ebenfalls, zusammen mit *durchtrieben* und *trotzig*.

Er ist tot, vergiss das nicht, denkt sie aus unerfindlichem Grund. Jedoch. Wieder und wieder hat er den Tod in die Schranken gewiesen, er hat geschimpft und geprahlt, aber dann ist er gestorben. Vor Besessenheit zu Boden gehen, kriechen, und dann – sterben.

Angenommen, eine neue Szene nähme ihren Lauf. Angenommen, der junge Mann, der aus der Realität, käme endlich ins Globe Theatre, um sich ein Stück anzusehen. Er kennt die Sonette, ja, ja, sehr clever und sehr auf den Punkt, allerdings verweisen sie alle auf ihn, wie langweilig. Aber er hat noch kein einziges von Wills Bühnenstücken gesehen, obwohl der alte Mann ihn weiß Gott wie oft eingeladen hat. Eines Nachmittags geht er hin und kauft sich eine Eintrittskarte, wie um dem Freund einen Gefallen zu tun oder eine Schuld abzutragen.

Und dann? Das Stück beginnt, er schaut aufmerksam zu. Während er da auf dem schäbigen Kissen sitzt, vergisst und weiß er zu gleichen Teilen, dass der kostümierte Mann dort unten Will ist und dass die Schauspieler Wills Text aufsagen. Er lacht, wenn die anderen lachen. Dann hält er inne und begreift es, heilige Mutter Gottes, Will Shakespeare hat sich dem Theater mit Haut und Haaren verschrieben, so war es die ganze Zeit. (Der Ausdruck *die ganze Zeit*: funkelnde Offenbarung.) Er denkt: Warum konnte ich diesen Will nicht zuerst kennenlernen, wieso hatte ich das Pech, den drögen Sonettschreiber zu treffen statt den großmäuligen Edelmann? Unten auf den Bühnenbrettern zerteilt Will das Leben in Zeilen aus Lust und Loyalität. Er tritt mit einem Vers vor, nimmt ihn sogleich mit einer Geste zurück, beleidigt eine errötende Frau auf das Heftigste, zieht mit wenigen Worten die bösen Blicke eines Mannes auf sich, und plötzlich wird alles still. Oder er lässt den Abstand, den Abstand zwischen ihnen, vor verwirrter Sehnsucht pulsieren. Himmel und Erde, das wollte der alte Mann ihm zeigen, und er wusste genau, warum.

Später lernt er in der Taverne Wills Geliebte kennen. Nun ist er definitiv im Hintertreffen, er hat von der Geliebten ja nicht einmal gewusst, aber, tja, er ist immer noch ein

Mann und sie nur eine Frau. Er beweist sich die krude These selbst, indem er die Frau verführt. Früh am nächsten Morgen kriecht ein verkaterter, verquollener Will an den Schreibtisch und ringt sich ein paar elendig geniale Sonette ab. Ein schwacher Trost dafür, mit keinem von beiden aufgewacht zu sein.

Sie unterbricht ihre Gedanken. Da ist ein winziger Drang in ihrer Möse, der aufflammt wie ein angestrichenes Zündholz. Sie achtet darauf: Das Flackern ist stetig. Sie könnte – *könnte* – sich jetzt die Jeans aufknöpfen und ihrem Buch der masturbatorischen Arbeitsunterbrechungen ein neues Kapitel hinzufügen. Aber eigentlich sollte sie das nicht, vor allem nicht nach dem ungeplanten Spaziergang. Jedoch. Sie denkt wieder an die beiden jungen Männer in der Gasse, wie sie einander eine Hand in die Hose stecken. Finger, die sacht und der Länge nach über eine zuckende Erektion streichen. Ja.

Vielleicht könnte sie den Stift in die für ihre Hand zu kleine Lücke zwischen den Stoffschichten schieben. Es wäre nicht das erste Mal. Beim Weiterarbeiten spürt sie einen vielversprechenden Druck in der Unterhose. Sie hält zwanzig Minuten durch, dann legt sie sich aufs Bett, oder sie bleibt am Schreibtisch sitzen, schiebt und verdreht den Stift und kneift sich sanft ins Fleisch rund um die Klitoris. Aber das würde Zeit kosten, von der sie heute schon jede Menge verschwendet hat. Bevor sie am Ende mit einem unbefriedigenden kleinen Orgasmus dasteht, den aufzubauen sie sich keine Zeit genommen hat, kommt sie lieber gar nicht. Was sie macht, macht sie richtig. Holt ihn jedes Mal neu und gewissenhaft aus sich heraus. Welche Fantasie darf es heute sein. Manchmal verfolgt sie eine Route nur zur Hälfte und schwenkt mittendrin auf eine andere um. Oder sie wühlt in Bildern, Gesten, Sätzen und lockt sich selbst mit Varianten, das funktioniert vor allem in der Anfangsphase. So viele aufregende Möglichkeiten; aber irgendwann muss sie sich entscheiden und ein Szenario ganz zu Ende denken. Es ist ein bisschen, als sollte sie sich in einer sehr guten Buchhandlung für ein Buch entscheiden.

Ihre Orgasmen lassen sich in Arten und Gattungen unterteilen. Es gibt die schwachen, ungeduldigen, die kurz aufflattern, sich in der Vagina auflösen und verschwinden; sie helfen gut beim Einschlafen, sind aber weiter nicht von Bedeutung. Die soliden, wohlverdienten, die sorgsam aufgebaut werden müssen, sich ankündigen wie ein Trommelwirbel und dann eine Weile nachbeben. Die ungewöhnlichen, die sich zügig einstellen, ihre Möse durchzucken wie ein Blitz – vor allem, wenn es eine Weile her ist – und ihr ein überraschtes *Ahh!* entlocken. Ihre wilden, fleischigen Organe mit den eigenen Rhythmen und Reaktionen, dort unten im Dunkeln.

Den besten und bemerkenswertesten Orgasmen wohnt von Anfang an ein köstliches Gefühl inne. Oft ergeben sie sich am helllichten Tag, wenn sie, wie jetzt, eigentlich etwas anderes zu tun hat. Wenn sie sich Zeit nimmt und sich auf den Ortswechsel innerhalb des Zimmers einstimmt. Wenn das Wissen sie langsam umzingelt: Ja, wir machen das jetzt. Sie kann fühlen, wie es Gestalt annimmt, tut sich mit einem auf fröhliche Weise schmutzigen Teil ihres Gehirns zusammen, schaut zu und freut sich über die eigene Verdorbenheit. Manchmal ist sie nass, noch bevor es offiziell losgeht. Bei diesen Orgasmen folgt sie einfach nur einer gedanklichen Fährte. Es gibt nichts anzutreiben, auszuwählen oder zu entscheiden. In diesem Zustand ist sie zu allem fähig, und wenn sie dann kommt, fühlt es sich an, als stürze ein Gletscherbrocken ins Meer. Schwindel, Schockwellen, ein katastrophales Schmelzen. Danach ist alles still und grau; sie hat den eigenen Bodensatz erreicht.

Oh, sie könnte. Aber – sie atmet tief durch – sie wird nicht. Oh, nein.

Außerdem sollte sie diese Woche an Rich denken. Der aber einer anderen Ordnung angehört, vielleicht sogar einer anderen Klasse; sie müsste das Buch zuklappen und ein neues aufschlagen, Farne statt Fische oder so ähnlich. In seinem

Beisein interessiert sie sich weniger für ihre Orgasmen, die ihr plötzlich zu anspruchsvoll und zu spezifisch erscheinen, als dass es die Mühe lohnt. Dafür bieten sich mit Rich andere Möglichkeiten. Einfach gesagt: Sie lässt sich gern ficken. Sie mag das Maß und die Richtung seiner eindringenden Kraft, und wie er sich hoch in ihr Becken schiebt. Der vom Blut geschwellte Penis gehört in dieselbe Kategorie wie der Pottwal, der zum Abtauchen einfach den Schleim in seinem Kopf zu einer festen, weißen, wachsartigen Masse gerinnen lässt. Wie eine Flüssigkeit so *hart* werden kann. Und sein Keuchen beim Eindringen, wenn er den glitschigen, gedehnten Latex in sie schiebt, seine Laute, aus denen so etwas hervorgeht wie Ohhh, endlich, oder O Gott, ja, genau das habe ich gebraucht. Irgendwo hat sie gelesen, das sinnliche Vergnügen sei antisozial, weil es beobachtet, aber nicht geteilt werden kann. Ja. Sie kann den Blickkontakt genießen, und er kann sie lächeln und keuchen sehen; aber während sie das kurze, spannende Drama seiner Erlösung verfolgt, geht sie unter seinen Stößen ihrer eigenen Leidenschaft nach. Und danach kommen sie beide müde winselnd wieder zu sich.

Ihre Beine sind stramm verknotet, wie die Zweige einer Weide. Um Gottes willen. Was ist aus ihrem Vorsatz geworden, enthaltsam zu bleiben? *Radikal* enthaltsam, wie sie es in Gedanken formuliert hatte. Die grauäugige Athene betrachtet sie zufrieden, und etwas von dieser warmen Zufriedenheit geht auf sie über. Aber da sitzt sie nun, anscheinend schafft sie nicht einmal einen Vormittag, ohne in Wallung zu geraten.

Sie nimmt einen kalten Schluck Wasser in den Mund, das über Zunge und Zähne fließt und ihnen Wärme entzieht. Eigentlich hätte sie lieber noch einen Kaffee; der Mechanismus in ihrem Hirn klimpert. Natürlich weiß sie – Annabel, du weißt es ganz genau –, dass Kaffee nur zeitweise hilft, nur so lange, bis er abrupt beschließt, dass es nun reicht, und ihr den Stecker zieht. Aber müde, träge und benebelt darf sie jetzt wirklich nicht sein. Sie wird es aussitzen. Sie braucht nur bis zum Mittagessen durchzuhalten; danach wird sie sich mit der Tatsache, dass es heute keinen Kaffee mehr gibt, problemlos abfinden können.

Irgendwo da draußen stößt eine Taube rhythmische Seufzer in die helle Luft. Sie dreht den Stift zwischen den Fingern, wird sich des vorliegenden Gedichts und ihrer dürftigen Notizen bewusst. Dass sie das Wort *trotzig* aufgeschrieben hat, scheint eine Stunde her zu sein.

Ein Schweigemönch könnte sein ganzes Leben damit verbringen, dem Windrauschen in den Zweigen einer Weide zu lauschen. Im Grunde tut sie hier nicht viel mehr, als winzige Nadeln in ein winziges Brett zu stecken und dazwischen Fäden zu spannen. Im Grunde ist das alles.

Ihr Verstand horcht auf: Könnte sie etwas über die *Zeichensetzung* in den Sonetten schreiben? Insbesondere über die Passagen, deren Sinn das moderne Lektorat entstellt oder zumindest verändert hat. Die zusätzlich in die Verse gerammten Kommata und Semikola dämpfen den frei schwingenden Ton. Ganz kurz stellt sie sich ein Essay vor, das mit den Feinheiten der jakobinischen Buchdruckpraxis vertraut ist. Es legt dar, wie die ursprüngliche Interpunktion den Gedankenfluss dezent lenkt und unterteilt, und betrauert wehmütig den Verlust der Raffinesse in pedantischen, zeitgenössischen Neuausgaben. Den Verlust von Flow und Schwung. Sie denkt dabei auch an den Doppelpunkt, der in den Sonetten manchmal einfach nur das Ende eines Vierzeilers markiert, ganz ohne ankündigende Funktion. Sie denkt an die Psalmen und macht sich klar, wie der Aufgabenbereich des Doppelpunkts im Lauf der Jahrhunderte geschrumpft wurde. Aber das hätte natürlich nur indirekt mit den Sonetten zu tun. Schon verdächtigt sie sich der Bequemlichkeit. Gedichte sollte man *lesen*, nicht nach Beweisen durchsuchen; üppiges Haar will auf Hochglanz gebürstet werden, nicht gelaust.

Aber sie hat nicht viel Zeit. Die niederen akademischen Grade sind eine hektische, oberflächliche Angelegenheit. Ihr bleiben insgesamt drei Tage, um ein Essay über die Sonette zu entwerfen und zu schreiben, was bedeutet, dass viele Problemstellungen von vornherein außerhalb der Grauzone des Möglichen liegen. Der Bezug der Sonette zu anderen Sonetten scheidet aus, ebenso ihre Relation zu Shakespeares Stücken oder zum historischen Kontext. Genau wie die potenziellen Vorbilder für den Jungen Mann und die Dunkle Dame, die Vervielfältigungsrechte oder die heikle Frage der chronologischen Anordnung. Sie braucht etwas, das so scharf ist wie ein Dolch: schnell hinein und sofort wieder heraus.

Womöglich ist es Zeit für den Laptop. Fürs Wörterbuch. Für eine Stichwortsuche. Vielleicht sollte sie aufs Geratewohl ein paar Aufsätze überfliegen und sich inspirieren lassen.

Sie steht auf, holt den Laptop aus dem Regal und trägt ihn zum Schreibtisch. Verbindet ihn mit der Steckdose und schaltet ihn ein. Räuspert sich grimmig, »hmm«, als der Bildschirm aufleuchtet; es ist ihre übliche Begrüßung. Beim Hochfahren zeigt der Laptop übertrieben dienstfertig verschiedene Oberflächen und Fortschrittsbalken vor, wie um sie von seiner Kompetenz zu überzeugen. Als sie da steht, muss sie plötzlich an Richs stämmigen Körper denken. An seine starken, behaarten Unterarme. Wie sie eine Hand darauf legt und leicht zudrückt. Wie sie die Hand sinken lässt und nach seiner Gürtelschnalle greift. Das Klirren, wenn die Gürtelteile sich voneinander lösen, und dann gleitet das Leder durch die Schlaufen, Gott, wie hat sie es geliebt, dieses Ziehen zwischen den Beinen. Während sie ihn entkleidete, stöhnte er, wie er überhaupt immer stöhnt, wenn sie die Initiative ergreift, deutet er es doch als den Triumph ihres Verlangens über ihre angeborene Zurückhaltung. Und dann sein Schwanz, so empfindlich, dass sie beim Blasen nichts weiter tun muss, als ihn einige Male sanft in den Mund zu nehmen. Sobald die Vorhaut zurückgezogen ist, darf keine Luft mehr daran kommen, ansonsten japst er vor Schmerzen und muss sich schnell bedecken. Aber es richtig zu machen ist die Sache wert, allein, um ihn zu hören. Die Schönheit und die Qualen eines Mannes, der aus der Verankerung seiner selbst rutscht.

Vielleicht werden sie und Rich heiraten und ein beschauliches Leben führen. Er kann seine Karriere als Mediziner vorantreiben, und sie schreibt eine Doktorarbeit über Shakespeare oder Woolf. Sie werden sich irgendwo in der Mitte treffen und einander den Schmerz heben. Dieses unsägliche

Entzücken, wenn sie sich ins Gesicht sehen: ernst, und sehr entzückt. Außerdem kann nicht einmal das beste dieser Sonette annähernd beschreiben, wie es sich anfühlt, von ihm gefickt zu werden. Was, wenn sie die Wörter für sich reserviert und ihren Körper und ihr Lächeln für Rich. Vielleicht wäre das die beste Lösung.

Sie sieht kurz zum Fenster hinüber. Das Fenster zeigt ihr das Bild eines weiten blauen Himmels, der sie sekundenlang mit seiner Höhe lockt, mit lächelnden Vorboten des Frühlings, aber dann sagt sie leise: »Schluss jetzt«, dreht sich zum Schreibtisch um und setzt sich an den Laptop. Sie muss jetzt streng mit sich sein. Sie weiß, wie es funktioniert, sie hat eine Art Sprungbrett-Technik entwickelt, bei der sie von einer Webseite zur anderen hüpft, willkürliche Entscheidungen trifft, hier und dort einen Absatz liest und Literaturhinweisen durch dunkle, gewundene Korridore folgt. Irgendwann sieht sie nicht mehr das ganze Gelände, sondern nur noch einen einzigen Lichtpunkt am Horizont.

Ihr Laptop ist zur Kooperation bereit. Sie klickt und tippt und ist keine zwei Minuten später bis zum Hals in Sonett-Sekundärliteratur versunken.

Sie liest etwas über Ernsthaftigkeit, die wortgetreue und die erfinderische.

Sie freut sich über das Wort *Sonettist*.

Sie fragt sich ganz kurz, ob das Verb *berichtigen* mit dem Verb *berechtigen* verwandt ist, spielt mit dem Gedanken, es im Wörterbuch nachzuschlagen, lässt es bleiben.

Angeblich ist ein Sonett zu schreiben eine risikoarme Alternative zur offenen Liebeserklärung. Sie fragt sich, ob die Risikoarmut von Dichtung am Ende nur etwas über Einsamkeit aussagt. Der Gedanke erscheint ihr zu groß und zu schrecklich, um aufgeschrieben zu werden.

Sie erinnert sich an die Mädchen damals in der Schule, als sie Keats lesen mussten. Die anderen beschwerten sich, denn Keats' Gedichte zu analysieren bedeutete angeblich, sie ihres Zaubers zu berauben.

(Wie sie es schafften, ihre Faulheit als außerordentliches Gespür für Schönheit zu verkaufen.)

Miss Francis hörte geduldig zu und machte Hmmm, dann fragte sie: Annabel, Tilda, was meint ihr? Denn zu dem Zeitpunkt stand längst fest, dass sie und Tilda nach Oxford gehen und dort englische Literatur studieren würden. Was den Unterricht ein bisschen aus dem Gleichgewicht brachte. Miss Francis schien das aber ziemlich praktisch zu finden und rief sie und Tilda häufig auf. Mit anderen Worten überließ sie ihnen die Arbeit.

Sie überlegte sich, mit der *Ode an die Nachtigall* zu antworten. Alle achtzig Zeilen. Aber das wäre natürlich angeberisch gewesen, also sagte sie: Nein. Es ist eine andere Art von Schönheit, wenn man den Text richtig gut kennt. Zu der Zeit wurde sie sich immer öfter einer Kluft bewusst: Sie konnte hervorragend denken, doch ihre Ausdrucksweise war eher schlicht.

Die sehr viel eloquentere Tilda sagte irgendetwas darüber, dass man ein Gedicht nach der Analyse natürlich wieder zusammensetzen muss.

Aber wie soll das gehen, widersprach Samantha, wie soll man das mit den Enjambements und den Metaphern und so wieder vergessen?

Tilda zuckte die Schultern.

Miss Francis ging dazwischen: Bitte, Samantha, warte mit dem Vergessen bis nach den Klausuren.

Ja, natürlich lautete die Annabel-Antwort: Lern es auswendig. Dazu noch irgendeine theatralische Ergänzung, wie: Es ist der einzige Weg. Behalte es immer in deiner Nähe, trage es auf der Haut, damit dir die Verse in den unpassendsten Momenten wieder einfallen. Du wirst verkatert im Zug sitzen und dösend an das Herz der Ruth denken, als unter Tränen träumend von Heimkehr sie einst stand im fremden Korn. Du wirst erkennen, dass weinend auf einem Acker zu stehen unendlich viel trauriger ist, als weinend daheim auf dem Sofa zu sitzen.

Die andere Antwort, die sie über den Tisch hätte schnipsen können wie eine Münze: Was zur Hölle machst du eigentlich im Englisch-Leistungskurs?

Bei Helen Vendler liest sie:

> Eine Theorie der kritischen Lektüre könnte folgendermaßen beginnen: Lernen Sie den Text jahrzehntelang kennen. Zitieren sie so oft daraus, bis die Sätze sich anfühlen wie Ihre eigenen. Schreiben Sie ihn ab, unterrichten Sie ihn, kommentieren Sie ihn. Eine kritische »Lektüre« ist das Ergebnis einer kompletten Einverleibung, sodass der Begriff »Lektüre« die Vorgänge in Ihrem Hirn beim Nachdenken über den Text nur noch unzureichend beschreibt. Der Text ist Teil dessen, was Sie zu dem Menschen gemacht hat, der Sie heute sind.

Der Absatz führt sie an eine gedankliche Schwelle. Sie steht auf und holt das kleine Notizheft aus der Nachttischschublade, schreibt die Passage ab, legt das Heft zurück.

Das ultimative Geheimnis des Werks. Die Frage, wie Inhalte hineingeraten sind, miteinander verknüpft wurden und als gereimte, pausenlos ineinandergreifende Zehnsilber wieder herauskamen – auf dieses Problem wird ihr Essay sich stürzen und es auflösen wie Schaum.

Überall in Oxford sitzen jetzt in diesem Moment angehende Literaturwissenschaftler in Zimmern und Bibliotheken und versuchen sich im Stürzen und Auflösen. Versuchen zu begreifen, wie ein Mann namens – mal ehrlich, was ist das für ein Name, William Shakespeare – wie ein Mann namens William Shakespeare, der vor dem Leben wahrscheinlich genauso viel Angst hatte wie alle anderen auch, sich hinsetzen und Wörter schreiben konnte – mit der Hand, auf Papier! –, die nun diesen *Text* ergeben.

In ihrer Vorstellung platzt eine kleine Kummerkapsel auf, heraus kommen Samen – Er ist tot, er ist tot, tot tot tot tot tot – und fallen ins Gras.

Genau genommen ist der GELEHRTE immer noch hier bei ihr, zumindest ein bisschen. Sie spürt seine Ungeselligkeit und seinen Überdruss, der sich auf alles bezieht, was nicht Arbeit ist. Er erfasst all ihre Facetten, denn er ist allumfassend.

Doch im Gegensatz zu ihr arbeitet er.

Sie liest weiter.

Bei William Empson erfährt sie zu ihrer Freude vom großzügigen Umgang der elisabethanischen Dichter mit Kommata. Der Sinn der Sätze erschließt sich beim Lesen, sie funktionieren in mehr als eine Richtung. *In mehr als eine Richtung funktionieren*: ja, genau. Sie schreibt es auf.

Sie liest von den dezidiert *männlichen Inhalten* der englischen Sonett-Tradition; sträubt sich gegen den Gedanken; erinnert sich dann, etwas ganz Ähnliches gedacht zu haben.

Sie gibt den Begriff *Scham* in die Textsuche ein, sieht sich alle Stellen an, an denen Shakespeare Scham erwähnt, stößt auf Sekundärliteratur und merkt, dass das Wort eine lange Geschichte hat und es sogar eine Theorie der Scham gibt, in die sich einzulesen Wochen dauern würde. Sie gibt die Idee wieder auf.

Bei Eve Kosofsky Sedgwick liest sie Folgendes:

Ein Mann, der im Umgang mit einem anderen Mann eine Demütigung erlebt, hat immer noch das Gefühl, zur Summe männlicher Macht beizutragen und an ihr teilzuhaben, wogegen ein Mann, der im Umgang mit einer Frau gedemütigt wird, nichts anderes fühlt als einen radikalen Bedeutungsverlust.

Ja, genau. Darum zieht der VERFÜHRER einen unspektakulären Abend mit dem GELEHRTEN jeder noch so heißen Nummer mit einer Frau vor, egal welcher. Darum unterbricht der

GELEHRTE seine Routine aus Einsamkeit, Arbeit und Kontemplation für dunkel schimmernde Stunden mit dem VERFÜHRER, und danach kehrt er von einem inneren Nachglühen erfüllt zu seinen Büchern zurück und verausgabt sich, bis er wieder kalt und hart geworden ist. Sie nickt bedächtig. Ja, er wirkt nur deshalb so unabhängig, weil er dieser einen, allumfassenden Abhängigkeit erliegt. Sie ist wie eine wuchernde Wurzel im Boden, wie der Giersch im heimatlichen Garten: zäh, invasiv, Geflechte bildend. Und wenn es das nicht wäre, gäbe es etwas anderes – mehr von seinen selbst gebrauten Stimulanzien, eine andere, kopflose Besessenheit, irgendeine neue, verheerende Leidenschaft. Doch er hat sich ausgerechnet, dass den alten Besatzer zu dulden ungefährlicher ist als der Versuch, ihn loszuwerden und damit einem anderen, womöglich unberechenbaren Tyrannen den Boden zu bereiten.

Ah. Sie lässt den Kopf hängen, spürt ein Ziehen in der verspannten Nackenmuskulatur. Ein weiterer Rückfall in ihr Innenleben. Teilweise hat es mit den Sonetten zu tun, sie breiten sich aus und schieben sich über die kristalline Besessenheit des GELEHRTEN, die in Wahrheit ihre eigene kristalline Besessenheit ist, über viele Jahre herangezüchtet in einer gesättigten Nährlösung. So ist das mit Sonetten, sie sind so persönlich, dass sie sie entweder kaltlassen oder kalt erwischen (sie schreibt es auf).

Oder vielleicht sind Kristalle das falsche Bild. Vielleicht sind es eher lange Farnkrautwedel, die aus einem dunklen Abgrund heraufwachsen, aus dem Abgrund ihrer selbst. Sie zeichnet ein paar stümperhafte Farnwedel auf den Rand der Seite. Sie streben in die Höhe, sie ziehen in die Tiefe.

Falls es ihr gelingt, das Essay zu schreiben, wird sie wie eine kleine Schnecke sein, die an einem Grashalm emporkriecht. Sie wird zwölf bis fünfzehn andere Grashalme in aller Klarheit erkennen, dahinter vielleicht eine undifferenzierte grüne Masse und darüber eine sommerliche Dunkelheit, die sie vage als Bäume begreift. Wenn sie an einem anderen Tag an einem anderen Halm hochkriecht, wird sie etwas über seine Breite, Farbe und Krümmung lernen. Die Abweichungen werden so groß sein, als gehörten die Halme nicht in dieselbe Kategorie oder als gäbe es sinnlos viele Kategorien. Das also ist Wissenschaft. Ein ganzes langes, dem aufmerksamen Lesen gewidmetes Leben würde nichts weiter erbringen als eine Ahnung davon, dass das Gras dem riesigen, unerreichbaren Baldachin stetig, aber unvorstellbar langsam entgegenwächst. Eigentlich könnte sie Helen Vendler schreiben und fragen: Jetzt mal im Ernst, lohnt es sich? Hat es Ihnen Zufriedenheit gebracht oder einfach nur Ihre Sehnsucht vergrößert?

Vielleicht, wenn es regnen würde. Manchmal ist ein dunkler Regentag tröstlicher als eine ganze Woche lesen, Yoga und Meditation. Der Regen fällt still und vernünftig und lässt sie in Ruhe.

So langsam entgleitet ihr die Konzentration. Sie versucht, daran zu arbeiten, fasst sich nach Möglichkeit nicht in die Haare, hält die Beine still und führt keine Selbstgespräche mehr. Beschränkt sich auf zielgerichtete Bewegungen – das Glas an die Lippen führen –, statt damit um sich zu werfen wie mit Sand. Hält sich das Bild vor Augen: Sie selbst, gebräunt und schweigsam, vollkommen konzentriert in dem warmen Hof. Alles mit Haltung, mit Klarheit.

Sie liest so konzentriert, wie sie kann. Sobald ihre Gedanken abdriften, kehrt sie geduldig zum Text zurück. Trotzdem stellen sich keine Anzeichen für eine Besserung ein. An manchen Tagen schafft sie nicht einmal einen Satz, zur Hölle noch mal, ist es die Mühe überhaupt wert, der goldene Zirkus des Wissens, und sie steht daneben und hat Mühe, die aufgebrachten, zerknitterten Teile ihrer selbst beisammenzuhalten. Es versetzt sie in einen jämmerlichen Zustand. Sie ist keine geborene Akademikerin, so sieht es aus, das ist die Wahrheit. Sie möchte ihre kabbeligen Gedanken glätten, aber immer wieder lösen sich Schaumflocken von der Brandung, dieses Sitzen-denken-lesen ist wahrlich nicht ihre Stärke. Alle historischen Entwicklungen, die aus dem Lesen eine ortsgebundene Aktivität gemacht haben, sollen verdammt sein. Am liebsten würde sie den ganzen Tag spazieren gehen. Am Fluss kommt ihr Verstand zur Ruhe, auf dem Weg neben den Feldern, auf den verregneten Weiten von Port Meadow, oder wenigstens schließen sich die Fetzen und Flocken dann zu einer steten Strömung zusammen. Während des Gehens kühlen hitzige Einsichten zu stiller Weisheit ab. In welcher Hinsicht das hilfreich ist? Gar nicht, ehrlich gesagt. Nichts wird mitgeschrieben. Alles ist *dampfförmig*, oder vielleicht wäre *instabil* das bessere Wort. Es steigt aus ihr auf und verschwindet kommentarlos im Gras, in den Bäumen und im Wasser. Es erzeugt nichts als eine Sehnsucht nach mehr, es ist reiner Effekt, mehr nicht. Sie kann ja wohl schlecht Erde in die Hand nehmen und sich in den Mund stopfen.

Wie dem auch sei. Sie muss hier sitzen, also. Wenn sie es jetzt schafft, ihre Konzentration zu verdichten, muss sie nicht für den Rest ihres Arbeitslebens gegen sich selbst ankämpfen. Sich das Hirn über einem Buch zu zermartern, Tag für Tag und bis in alle Ewigkeit, ist eine ermüdende Vorstellung.

Was sie eigentlich will, wofür sie den GELEHRTEN (in Momenten großer Ehrlichkeit sieht sie es ein) in erster Linie erschaffen hat, ist dieses unglaubliche Durchhaltevermögen. Seine Aufmerksamkeit ist absolut still und unveränderlich auf die Seite gerichtet und kriecht gleichmäßig und langsam über jeden einzelnen Satz. Gelegentlich zeigt ein Gedankenzucken an, dass er eine Stelle noch nicht ganz erfasst hat. Das Gehirngewebe zieht sich verwundert zusammen, und er hält inne und liest den Satz noch einmal. Für gewöhnlich reicht eine Wiederholung. Hin und wieder, wenn er einen Einfall hat oder einfach nur am Ende eines Absatzes angekommen ist, hebt er den Kopf und gönnt sich einen langen, kühlenden Atemzug oder Gedanken. Manches notiert er sich, meistens in Form einer Frage, bevor sein Verstand sich wieder in den dichten, anspruchsvollen Text einklinkt. In dieser Haltung verharrt er stundenlang, und es gibt dazu nichts als Wasser und Kaffee. Weder zappelt er herum, noch steht er auf, um das Feuer zu schüren, weitere Scheite aufzulegen oder das Fenster zu öffnen oder zu schließen. Er unterbricht seine Arbeit nicht einmal, um sich zu fragen, ob er noch bei der Sache ist. Er geht es völlig unbefangen an. Er *arbeitet* einfach.

Schon naht der Mittag. Durch das Fenster strömt eine schwache Wärme herein, die Sonne am unteren Himmelsrand macht große Fortschritte. Im Gegensatz zu ihr. Sie hat nicht gut gearbeitet und jetzt bekommt sie Hunger. Da ist die Seite mit den wenigen halb fertigen Sätzen, den einzigen Gedanken, die sie festhalten konnte. Es lag am Spaziergang, am Nebel, an der Wiese und dem Wasser, und am GELEHRTEN und am VERFÜHRER. Sie hat heute schon zu viel Zeit in ihrem eigenen Leben verbracht, um sich voll auf das einzulassen, was in den Sonetten passiert. Sie hätte nicht so früh am Tag, wenn ihr Verstand doch eigentlich kerzengerade sitzen müsste, skurrile Szenen entwerfen dürfen. Denn nun sind der GELEHRTE und der VERFÜHRER unwiderruflich in die Sonette eingedrungen. Sie hat sie eingearbeitet wie Butter in Mehl. Hat zugelassen, dass die neurotischen Paarungen einander kontaminieren und bestäuben. Es lässt sich nicht mehr ändern, trotzdem murmelt sie: »Was … mache … ich … da?«

Die Beschäftigung mit den Sonetten sollte alle Literaturstudierenden zu Höchstleistungen anspornen, sie sollten begeistert sein von so viel Subtilität. Der Satz klingt wie ein Zitat, wer weiß, woher, sie notiert ihn ohne Quellenangabe. Könnte ein Essay lächeln, wie sie beim Lesen der Sonette gelächelt hat. Ein trauriges, mitfühlendes Lächeln, ein schiefes Lächeln, das sich – wie Will – über sich selbst lustig macht. Ein Lächeln mit hochgezogener Augenbraue, das sich von ihm distanziert, wenn er es zu weit treibt; ein weiches, strahlendes Lächeln, wenn er ein besonders schönes Bild gefunden hat. Wie sie merkt, lächelt sie nie aus reiner Belustigung. Die Sonette sind nicht lustig, obwohl die Stücke, o Gott, zum Totlachen sind. Könnte sie darüber ein Essay schreiben? Sie notiert den Gedanken. Sie könnte das gierige, johlende Theater mit dem begrenzten Raum des Sonetts vergleichen, in den man hineinkriechen und wo man sich selbst extrem ernst nehmen kann.

Sie denkt an Miles. (Ein echter, lebendiger, atmender Mensch! Sie lächelt milde.) Wie *er* wohl mit den Sonetten zurechtkommt. Ist diese Leere ihm angenehm. Er mag Shelley – die schwierigste Art von Leere, die sie kennt, also findet Miles die Sonette vielleicht sogar *überladen*. Vielleicht überfordern sie ihn mit ihrer Dichte, schließlich ist er so verblasst wie jemand, der die eigene Farbsättigung heruntergedreht hat. Er mit seiner leisen, schwachen Stimme, als würde er sich jedes Mal selbst über den Luftzug zwischen seinen Stimmbändern wundern.

Vorsichtig richtet sie ihre Erinnerung auf ihre Freundschaft im vergangenen Jahr. Irgendwann hatten sie angefangen, auf dem Rückweg vom Tutorium einen Tee trinken zu gehen. Sie erzählten einander von ihren Schwestern. Seine langen, an den Teebecher gelegten Finger. Er lächelte immer nur schwach, das aber oft. Sie hatte damit gerechnet, dass sein Lächeln länger würde, immerhin war Frühling, die Tage dehnten sich in den Sommer, und sie redeten über Austen und warum er *Mansfield Park* so mochte. Beide misstrauten Blake, Miles nahm es sich selbstbewusst heraus, Wordsworth als Prüfungsthema zu wählen. So viele leise Unterhaltungen. Einmal kam es spätabends zu einer langen Umarmung vor ihrem College, nach der er sich umdrehte und zu seiner Unterkunft lief, und sie stieg überglücklich die Treppe zu ihrem Zimmer hinauf.

Am hellen, sonnigen Maifeiertag hörten sie sich gemeinsam das Chorkonzert auf dem Turm an. Es ist erst neun Monate her, aber in diesem welken Winterlicht hat sie Mühe, sich an den strahlenden Frühsommer zu erinnern. Alles war voller Blätter und Vögel und um kurz vor sechs schoben sich die Menschenmassen zum Magdalen College. Nach dem Singen liefen sie zusammen durch die Straßen, sahen die Moriskentänzer und nahmen verwundert einen Gratiskaffee von einem blätterbedeckten Mann entgegen, der eine Urne auf dem Rücken trug. Sie machte sich beiläufig über die Tänzer lustig, aber statt mitzulachen, beobachtete Miles sie aufmerksam und sagte: Ist das … ich frage mich, ob es ein Klassending ist. Da merkte sie, er wollte ihr widersprechen, ohne sie bloßzustellen. Sie versuchte zu sehen, was er sah. Er erklärte es ihr: Er bemühte sich, wachsam zu bleiben für jene Momente, in denen seine Herkunft seinen Geschmack beeinflusste. Es war so ähnlich wie mit Gartenzwergen. Seine Eltern verabscheuten sie, aber bei vielen Leuten waren sie offensichtlich sehr beliebt. (Wie er selbst über Gartenzwerge dachte, sagte er nicht.) Sie nickte, und plötzlich konnte auch sie in den grün und weiß gekleideten Tänzern etwas sehen. Sie folgte ihm zum Maibaum, wo die Bänder in bestimmte Muster getanzt wurden, und auch darin konnte sie etwas erkennen. Miles war einfach so viel weiter als sie. Auf diesem Kissen rollten ihre Gedanken sich ein, während sie schweigend neben ihm stand.

Nun nähern sich die Abkömmlinge dieser Gedanken. Sein Verstand ist so weit und klar wie eine Meeresbrise. Wahrscheinlich hat er mit den Sonetten überhaupt kein Problem.

Jedenfalls verlängerte sein Lächeln sich nie. Stattdessen hatte er plötzlich eine Freundin, Katie Kitchener, ein kleines, intelligentes Mädchen aus der Jahrgangsstufe unter ihnen, das Englisch und Altphilologie studierte. Sie hatte die beiden zuvor nicht einmal miteinander reden sehen, aber nun hingen sie ständig zusammen, lagen mit T-Shirt und Sonnenbrille im Garten oder saßen Seite an Seite in der Bibliothek über ihre Bücher gebeugt. Selbst jetzt, sieben Monate später, sind sie nur selten allein anzutreffen. Gott sei Dank – oder bedauerlicherweise – haben sie in diesem Jahr kein einziges gemeinsames Tutorium. Seither hat sie nie wieder allein mit ihm gesprochen, nur einmal, im Oktober, als sie draußen vor der Bibliothek in gewohnt leisem Ton über ihre Sommerferien plauderten. Nach ein paar Minuten war Katie dazugekommen, und Miles hatte den Arm gehoben, damit sie sich darunterschieben konnte, sie hatte in glücklicher Arglosigkeit gestrahlt, und warum auch nicht. Sie, Annabel, ging zurück auf ihr Zimmer, saß eine Weile reglos da und gönnte sich dann eine feierliche Tasse starken Kaffee mit viel heißer Milch.

Ganz kurz hatte ihr Stift über Wordsworth geschwebt, aber dann hatte sie die Hand bewegt und das Kreuzchen entschlossen bei Woolf gesetzt.

Im letzten Trimester, *Trinity Term*, begann ihr Tag immer früher. Wieder versucht sie, an den Sommer zu denken. Im Wort *Trinity* steckt ja so viel Licht. Es war hell, wenn sie morgens aufwachte, und wenn sie abends schlafen ging, war es immer noch hell. Sie konnte barfuß im Pyjama durch ihr Zimmer tappen, sich kurz hinsetzen und ein Gedicht lesen, aufstehen und ans Fenster treten, sich abermals setzen und es noch einmal lesen. Das Wetter war plötzlich herrlich, jeder Morgen begrüßte sie mit Vogelgezwitscher und flutete den Raum mit einem kühlen, goldenen Licht. Sie stand auf, egal wie früh es war, und setzte sich an den Schreibtisch, oder sie zog ein Sweatshirt über, ging hinunter in den Garten und freute sich über die Vorstellung, dass die anderen noch warm eingekuschelt waren, all diese Körper in den Betten wie lange Füße in Socken, während ihre eigenen, kleinen Füße hier unten kalt vom Gras wurden und staubig vom Hof. Auf dem kratzigen Teppich der Treppenstufen trockneten sie schnell, der Dreck ließ sich mühelos abwischen, sobald sie wieder vor ihrem Zimmer stand. In den beiden großen Bäumen, einer leuchtend grünen Birke und einer leuchtend grünen Eiche, zuckten scharf abgegrenzte Schatten, sie strich übers Gras und fuhr sich mit der nassen Hand durch das Gesicht, während das gewellte, kühle Licht über sie hinwegging. Sie hatte sehr körperliche Träume von einem Mann mit zupackender Art. Wenn sie in ihr Zimmer zurückkehrte, hatte die grün-weiße Euphorie sie gründlich destabilisiert.

So kam es, dass sie sich den Wecker immer auf spätestens sechs Uhr stellte, manchmal stand sie sogar noch früher auf. Was erforderlich machte, die Abende gewissermaßen aufzugeben. Wenn es dämmerte, beschäftigte sie sich in ihrem Zimmer, schaltete die Nachttischlampe ein, zog sich um, putzte sich die Zähne, legte sich ins Bett und las ein paar Seiten. Wenn sie das Licht löschte, drang blaues Licht ins Zimmer, manche Vögel sangen immer noch. Dann lag sie da, lauschte und kam zur Ruhe.

Sie hebt den Kopf. Der Hunger macht sich jetzt als Ziehen im Magen bemerkbar und schwächt ihren gesamten Körper, als hätte jemand einen Nagel in ihre Energie getrieben. Sie fühlt sich ein bisschen zittrig. Normalerweise legt sie mittags eine Pause ein, doch heute ist das unmöglich; aber hier sitzen bleiben kann sie genauso wenig. Vielleicht sollte sie etwas essen, langsam und bedächtig, und es in einer Stunde noch einmal versuchen.

Rumi sagt:

Im leeren Magen liegt etwas Köstliches versteckt ...
Wenn das Fasten Kopf und Bauch mit seiner Flamme reinigt,
steigt aus dem Feuer in jedem Moment
ein neues Lied auf.

Sie ist nicht derselben Meinung, muss aber oft daran denken. Irgendwo hat sie gelesen, dass man mit weitaus weniger Essen auskommt als vermutet, angeblich führt es sogar zu einem reineren, leichteren Lebensgefühl. Ihr Verstand strebt danach, so flüssig zu sein wie ein kühler Frühlingsbach. Aber wie man die üblichen zweitausend Kalorien noch weiter reduzieren sollte, hat sie nicht herausgefunden. Alle Versuche, bewusst weniger zu essen, endeten gleich; spätestens am Nachmittag des dritten oder vierten Tages stopfte sie sich mit Brot und Butter voll. Sie braucht Regelmäßigkeit statt Reduzierung, oder etwas in der Art.

Jedenfalls steht sie jetzt anscheinend doch auf und streckt sich. Ihr Körper tut so, als reagiere er auf ein Kommando, das sie aber nie gegeben hat. Tja, was soll's. Sie wird ein paar nahrhafte Lebensmittel zu einem guten, gesunden Mittagessen zusammenstellen.

Als sie sich vom Schreibtisch abwendet, vollzieht sich eine weitere Abkehr: Sie wendet sich von ihren Gedanken, dem Text und dem Reich der dichterischen Verblendung ab. Für ein paar Sekunden ist sie der GELEHRTE, der nach einem langen und arbeitsreichen Vormittag dem Hunger nachgibt, sich seufzend aufrichtet, die Arme über den Kopf hebt und schließlich seine hagere Gestalt zur Vorratskammer schleppt. Sie sucht eine Schale und ein scharfes Messer, öffnet die Tür, schiebt den Riegel vor und verlässt das Zimmer …

… als sie plötzlich ein Bild vor Augen hat. Ihr Verstand macht ihr ein kleines Geschenk zur Mittagszeit. Der GELEHRTE trägt nicht die übliche schwarze Robe, sondern eine Jeans und ein lockeres Hemd, außerdem einen dunklen Pferdeschwanz … so sähe er vielleicht in Rom aus, wenn er frühmorgens einen Kaffee trinken geht … mit großen Schritten überquert er die Piazza, er weiß, wie attraktiv er ist, ohne es zu wissen, und bemerkt die bewundernden Blicke, ganz ohne sie zu bemerken …

So oder so findet sie sich in der menschenleeren Küche wieder. Sie öffnet den Kühlschrank und sieht, dass ihre orangefarbenen Sainsbury's-Tüten wieder einmal die Etage gewechselt haben. Wo sie vorher lagen, befindet sich jetzt das Essen von Emma, Tomaten in aufgerissener Verpackung und Räucherlachs, und auch das von Grace, drei ordentlich aufgereihte Äpfel und zwei Töpfe kalorienarme Suppe. Darüber Bill: eine Kaffeepackung mit Clipverschluss, ein in Folie eingewickeltes Stück Brie. Daneben Sanjay: eine Tupperdose mit Resten, seit einer Woche abgelaufene Milch und eine halb volle Flasche Wein.

Sie nimmt ihre Tüten heraus und schließt die Tür. Öffnet die Tüten und sieht hinein. Auf den ersten Blick fehlt nichts.

Gestohlen wird nur, was sich nicht zählen lässt. Kaffee, Alkohol, Milch, manchmal Käse. Gemüse nie. Inzwischen markiert sie den Pegel ihrer Milchflasche mit Kuli und dreht den Strich gut sichtbar nach vorn: Finger weg.

Sie arrangiert Gurke, Tomate, Petersilie und Mozzarella auf dem Teller. Sie knickt zwei Selleriestiele von der Staude ab, hält sie unter den Wasserhahn, legt sie hin, greift zum Messer, steckt die Spitze in die Rille der ersten Stange und zerteilt sie der Länge nach. Verfährt mit der zweiten Stange genauso. Freut sich kurz über das Messer. Wären doch mehr Dinge wie eine scharfe Klinge, die durch Zellulose fährt. Sie spürt, wie das Messer die Fasern zerteilt. Während sie hackt, verliert die Petersilie an Volumen und verwandelt sich von einer Pflanze in eine Zutat, in eine Handvoll frischer Kräuter. Die feuchte Gurke lässt sich mühelos in Scheiben schneiden, sechs Cherrytomaten erfordern jeweils ihre ganze Aufmerksamkeit. Sie setzt das Messer oben in der kleinen Delle an, damit es einen Ansatzpunkt hat. Das Messer ist nicht gut; statt die Tomatenhaut mühelos und schnell zu zertrennen, zerdrückt es sie nur, ein kraftaufwendiges Unterfangen. Ihr Lieblingsmesser zu Hause hat eine längere Klinge und schneidet Ziegenkäse oder Bananen allein durch sein Eigengewicht. Seine Schärfe hat in ihrer Erinnerung einen eigenen kleinen Mini-Altar.

Sie schneidet eine Ecke von der Mozzarellatüte ab, lässt die milchige Flüssigkeit in die Spüle laufen, öffnet die Tüte ganz und lässt die Käsekugel aufs Schneidbrett rutschen. Nun liegt sie in einer kleinen Pfütze. Den Käse mit demselben Messer zu schneiden wie das Gemüse erscheint ihr nicht richtig. Dennoch. Etwas fällt ihr wieder ein – da ist abermals der GELEHRTE, schlank und im schwarzen Hemd, er schlägt die Tageszeitung auf und trinkt hastig einen Schluck Espresso – sie schiebt sich die nassen Käsescheiben auf die Handfläche und arrangiert sie auf dem Gemüse in der Schale. Anschließend öffnet sie eine Dose Linsen und eine Dose Kichererbsen, kippt jeweils den halben Inhalt in ein Sieb, spült ihn unter kaltem Wasser und gibt ihn auf den Käse. Sie schlägt das Sieb gegen den Schalenrand, um die letzten Linsen vom Draht zu lösen. Das Essen in der Schale glänzt …

Die Tür öffnet sich, und herein kommt Sanjay in T-Shirt und Pyjamahose. Die Haare stehen ihm vom Kopf ab. »Hey«, sagt er müde, dann bückt er sich und öffnet die Kühlschranktür.

»Hi«, sagt sie und schaut ihm beim Wühlen zu.

Schließlich sagt er »fuck« und schlägt die Kühlschranktür wieder zu.

Sie beschließt, nicht darauf zu reagieren. Er riecht seltsam gut, Aftershave, Zigarettenrauch und Schweiß, eine ganze Wolke lebendiger Körpergerüche. Er stützt die Ellenbogen auf den Küchentresen und legt den Kopf in die Hände. »Dein Mittagessen sieht scheiß gesund aus«, sagt er gedämpft.

Sie lacht. »Lass mich raten. Es geht dir nicht so gut.«

Er stöhnt. »Du bist anscheinend nie verkatert«, sagt er. »Du strahlst vor Gesundheit, wahrscheinlich *trinkst* du nicht mal.«

»Vielleicht nicht so viel wie du«, sagt sie lächelnd.

Er öffnet den Kühlschrank und sieht noch einmal hinein. »Meinst du, Grace hätte was dagegen, wenn ich eine von ihren Suppen nehme?«

»Wahrscheinlich schon«, antwortet sie und ahnt, was er als Nächstes sagen wird.

»Als ob sie sie essen würde«, sagt er und macht den Kühlschrank wieder zu. »Ist ja nicht so, als würde sie, du weißt schon.«

Ach ja, das. Sie zuckt die Achseln. »Du kannst gern was von meinen Sachen haben, wenn du willst.«

»Danke«, sagt er, aber eigentlich ist es mehr ein Stöhnen. Schon ist er auf dem Weg hinaus.

Sie bewertet ihr Verhalten. Würdevoll, ja, und großzügig. Sie nimmt zur Kenntnis, dass sie nur deshalb zu lachen gewagt hat, weil es sich um einen Kater handelt. Wäre er ernstlich krank, hätte sie sich mitfühlender gezeigt. Oh, er hat wunderbar gerochen. Im Ernst, wenn er sie eingeladen hätte, mitzukommen und sich zu ihm ins Bett zu legen, wäre sie …

»Nein, nicht das«, sagt sie laut und denkt schnell an den VERFÜHRER. Unrasiert und zerknittert setzt er sich zum GELEHRTEN an den Frühstücktisch und murmelt: Wie kann es sein, dass du so vollkommen unversehrt aussiehst. Der GELEHRTE lächelt schwach. Ach ja, der seltnen Freude Spitze.

Im Flur ist es wärmer als in der Küche. Sie betritt ihr Zimmer und merkt, es ist noch wärmer als der Flur. Sie stellt die Schale voller Farben und Texturen auf das niedrige Tischchen. Gibt etwas Olivenöl, Salz und Pfeffer hinein. Mischt alles mit dem funkelnden Löffel. Setzt sich in den niedrigen Sessel.

Jetzt denkt sie über *Komplimente* nach. Eine heikle Sache; es kommt wohl auch darauf an, wie man sie vorbringt. Der Auslöser war vermutlich Sanjays Kommentar, der aber kaum als Kompliment gemeint war. Vielleicht liegt es auch an den Sonetten, an den fragwürdigen Komplimenten des Verfassers. In der Tat erscheinen ihr plötzlich *alle* Komplimente fragwürdig. Rumi sagt dazu:

In Wahrheit preist der Lobpreisende nur
sich selbst, denn indirekt sagt er:
»Mein Blick ist klar.«

Folglich sind auch Richs Komplimente fragwürdig: Dein Gedächtnis ist unglaublich, die Frisur steht dir unheimlich gut, ich bewundere deine Hingabe. Mit anderen Worten: Sieh mich an, sieh mal, wie gut ich aufpasse, wie gründlich ich dich katalogisiere.

Das Essen ist nass und knackig und schmeckt nach der ihm angetanen Zerkleinerung. Dann also eine Poetik der Komplimente. Wie in den Sonetten: Kostbarstes, einziges Ziel der Wachsamkeit – ach nein, das ist eigentlich kein Kompliment. Was noch. Bist du doch edel, daher lockend schön. Bist du doch schön, daher erst recht benannt. Ihr best Juwel. Und so weiter. Wenn ich kommentiere, was sich mir entzieht, wirst du sehen, dass meine Sehnsucht absolut klarsichtig ist, kräftig und hellwach. Und wen denn lob ich sonst als mich in dir?

Eine Szene: Der VERFÜHRER und der GELEHRTE, beide der eigenen Eitelkeit ebenso erlegen wie der des Gegenübers, tauschen äußerst genaue, spezifische Komplimente aus, und alle strotzen von Andeutungen.

VERFÜHRER: Du bist so reglos, selbst wenn du dich bewegst. Du bist niemals hektisch, du zappelst nicht herum und scheinst immer die Ruhe selbst zu sein. (Will meinen: Ich erkenne und bewundere an dir, was ich selbst nie geübt habe.)

GELEHRTER: Du machst immer so schöne Geschenke. (Will meinen: Wie gut du mich kennst, freut mich immer sehr.)

VERFÜHRER: Du kannst so gut zuhören, du widmest den Leuten deine ganze Aufmerksamkeit. (Also, hauptsächlich mir.)

GELEHRTER: Ich habe den Eindruck, du gibst deinen Geliebten nie das Gefühl, dumm zu sein oder sich dafür schämen zu müssen, dass sie dich begehren. (Nicht, dass ich aus Erfahrung sprechen könnte.)

Nachdem sie sich das ganze Essen in den Mund gelöffelt hat, holt sie die Tüte mit den Mandeln aus dem Regal und öffnet sie umständlich. *Gemächlich* – das Wort ist ihr einfach so in den Schoß gefallen – nimmt sie eine Mandel nach der anderen heraus und isst sie.

Ist es denn überhaupt möglich, zu einer wahrhaft demütigen Sprache zu finden. Zu einer Ausdrucksweise, die nicht im Klammergriff des eigenen Egos steckt. Wie sollte man beispielsweise reagieren, wenn man einen Fehler gemacht hat und korrigiert wurde? Wie letzte Woche beim Tutorium, als Jamie Prince Hal und Harry Hotspur verwechselte und Jonathan ihn verbessern musste. Sollte man sagen:

Ach ja, natürlich, stimmt. (Ich habe es selbstverständlich auch gewusst und bestätige hiermit, dass dein Verbesserungsvorschlag berechtigt ist.) Oder:

Hmmm, okay, ja. (Ich bin absolut in der Lage zu verstehen, was du da eben gesagt hast, mein Fehler war nur ein kleines Missgeschick.) Oder:

Ach, wirklich? Das wusste ich gar nicht. (Ich bin überrascht, nicht bloß von der Information, sondern weil ich es besser hätte wissen müssen, eigentlich weiß ich nämlich unglaublich viel.)

Sie nimmt ein Stück Sellerie und beißt hinein. Du meine Güte, kann man kommunizieren, ohne sich dabei ständig aufzuspielen? Selbst wenn man sein Mitgefühl zum Ausdruck bringen möchte: Guck mal, ich habe dein Leid bemerkt! Die Selleriefasern verteilen sich in ihrem Mund und rutschen als Fäden an ihrem Gaumen abwärts. Sie beeilt sich, sie zurückzuholen, bevor sie würgen muss. Wie schaffen die Leute es überhaupt, miteinander zu reden. Daher das Schweigen. Jamie hatte unglücklich gestockt – ach so, ja – und war dann ein bisschen errötet. Die ehrlichste Reaktion von allen.

Eine Mandel zersplittert und klemmt sich zwischen ihre Backenzähne. Um die Sonette steht es nicht so gut. Sie hat immer noch nichts. Sie wird ihre Anstrengung weiter verlängern, bis in den späten Nachmittag arbeiten und immer verzweifelter nach Ideen fischen. Wie wäre es – sie muss kurz lächeln – mit einem provokanten Essay über ihr Scheitern beim Essayschreiben? Würde die Tutorin die Augenbrauen hochziehen?

Was würde der GELEHRTE tun? (Da er immer noch hier herumlungert, kann er sich nützlich machen.) Wahrscheinlich hätte er etwas gegen die kurzfristige Deadline einzuwenden, die eine nachhaltige Wissensaneignung verhindert. Er würde die Sonette eine Woche lang intensiv lesen, vielleicht sogar zwei Wochen, und wenn ihm dann immer noch keine Idee gekommen wäre, würde er sich mit den erworbenen Kenntnissen zufrieden geben und darauf vertrauen, dass sie sich im Laufe der Zeit an andere Dinge heften. Drei Mandeln später stochert sie sich mit der Zunge im Mund herum und versucht, die feststeckenden Splitter vom Zahnfleisch zu lösen. Ja, der GELEHRTE würde einen Bachelor-Abschluss für reine Zeitverschwendung halten, wäre er doch gezwungen, sein Hirn auf Fragen loszulassen, die er früher oder später noch einmal durchdenken muss. Er macht sich nicht die Mühe, etwas zu lernen, wenn er es nicht ganz und gar lernen kann. Seine Vorgehensweise könnte man wohl am besten als *privates Studium* bezeichnen (sie versucht, sich nicht an den Begriff zu schmiegen). Ein zu reinem Selbstzweck betriebenes Studium ohne Abgabetermine und Benotungen. Alle Absichten, Aktionen und Abläufe sind ausnahmslos innerlich und in ständiger Entwicklung begriffen. Es ist wie eine turbulente Schmetterlingsjagd über eine Wiese, nur ohne Netz.

Sie schnappt nach Luft und findet sich in ihrem Zimmer wieder. Fast schon ein Uhr. Zeit, sich zu bewegen. Die Mittagspausen sind immer knifflig; es ist so einfach, sich der blassgelben Strömung des Nachmittags zu ergeben und unwichtige E-Mails zu beantworten oder aufzuräumen. Sie könnte das Handy einschalten und nachschauen, was in der Welt auf sie wartet.

Sie tritt ans Fenster und sieht hinaus. Die dunklen, kahlen Bäume und Beete glänzen im schwachen Sonnenlicht, dahinter erstreckt sich die weite, nasse Wiese. Das Jahr hat begonnen. Der tiefe Winter ist immer eine Zeit der inneren Einkehr und der Selbstbefragung. Gawain verlässt die warme Burg und sucht in der eiskalten Wildnis nach der Grünen Kapelle. Ged segelt ans Ende von Erdsee, um sich seinem finsteren Schatten zu stellen. Die Jahreszeit ist dunkler und zurückgezogener als andere und hat eigene Dimensionen. Sie ist wie ein abgelegener, selten besuchter Bergsee zwischen Hügeln, auf denen es keine Rolle spielt, an welchem Tag aus dem alten Jahr ein neues wird. Und weil die Menschen diese unendlichen Weiten nicht ermessen können, sind sie auf Gnade angewiesen.

Sie muss an Neujahr denken. Zähneklappernd bildeten sie eine Viererreihe am Strand, aus ihren Kaffeebechern wirbelte Dampf auf. Frühmorgens waren sie durchgefroren in ihren Schlafsäcken aufgewacht. Ihre Mutter hatte sich in Leggings gezwängt, um auf dem Sand zu joggen, während die Schwestern liegen blieben und sich im Dunkeln unterhielten. Als ihre Mutter zurückkam, standen sie auf. Annabel kochte Kaffee, Sophy und Caroline sprangen herum und versuchten, sich aufzuwärmen. Der Tag nahm seinen Lauf, zwei Robben reckten den Kopf aus dem Wasser, wurden mit Neujahrsgrüßen bedacht und schwammen irritiert davon. Sie bauten das Zelt ab, beluden das Auto, entdeckten die CD mit den *Goldberg-Variationen*. Sie bot sich als Fahrerin an, aber ihre Mutter sagte, das sei nicht nötig, sie fühle sich gut. Das Auto sprang beim zweiten Versuch an und sie fuhren los. Sophy und Caroline schliefen. Ihre Mutter lenkte das Auto und schwieg zu Bach. Sie, Annabel, sah aus dem Fenster und beobachtete, wie das neue Jahr sich in der Landschaft ausbreitete.

Sie wendet sich vom Fenster ab und sammelt alles zusammen, die beiden Schalen, die beiden Löffel, auf denen ihre Lippen parallele Streifen hinterlassen haben, die Glaskanne mit dem schiefen Bodensatz aus nassem, dunklem Kaffee und den kleinen braunen Becher, den sie sich an den kleinen Finger hakt. Sie manövriert ihre Last vorsichtig durch die Tür und tritt in den Flur hinaus. Ja, das neue Jahr hat begonnen. *Cloudez vplyften.* Das Gawain-Gedicht widmet dem Frühling mehrere Zeilen, aber alles hängt an diesen beiden Wörtern. Sie sind wie ein Atemhauch. In wenigen Wochen fängt der Vorfrühling an, den sie sich *dunkel* vorstellt, frisch und feucht mit seiner Fastenzeit; alle Felder und Zweige sind noch schwarz, nur hier und da blüht ein Busch in Weiß, und das Wetter quält sich torkelnd durch Regen und Wind, bis irgendwann das grelle Sonnenlicht herunterknallt. Erleichterung stellt sich ein, aber auch Nervosität, denn nun muss alles wachsen, blühen, bauen und brüten, wozu es Durchhaltevermögen braucht, Konzentration und eine unablässige Anstrengung. Trotzdem wirkt der Gedanke an den Frühling auf die meisten Menschen so berauschend, dass sie das angestrengte Kreischen der Natur als *Lied* deuten, ausgerechnet.

In der Küche stellt sie alles in die Spüle, kippt den nassen Kaffeesatz in den Mülleimer und dreht das warme Wasser auf. Also gut. Was das Essay angeht, sollte sie realistisch sein. Sie könnte eine Stunde lang sehr konzentriert arbeiten, ein paar Sonette auswählen und bis ins kleinste Detail analysieren. Die Spüle füllt sich mit Wasser, Schaum und Dampf. Sie könnte die Sonette genau lesen, genauer als genau. Sie spritzt etwas Geschirrspülmittel auf den Schwamm, dreht das Wasser ab und nimmt eine Schale in die Hand, vielleicht sollte sie darauf vertrauen, dass in den Sonetten alles steckt, was sie braucht, sie könnte aus diesen Granitgedichten einen ganzen Schotterberg gewinnen, sie stellt die Schale auf das Abtropfgitter, über Nacht könnte der Schotter sich setzen, und morgen könnte sie gleich nach dem Aufstehen ein paar Stichpunkte festlegen und das Essay in einem Rutsch tippen, ausdrucken und fröhlich ins Tutorium gehen, den zusammengerollten Text in der Hand.

O Gott.

Der kleine braune Becher ist zerbrochen. Sie wollte danach greifen und etwas ist passiert, da war ein Geräusch, und jetzt hält sie nur noch den Henkel in der Hand. Als brauner Kringel hängt er an ihrem Finger, während das henkellose braune Objekt irgendwo da unten im Spülwasser liegt.

Sie möchte einen Laut von sich geben, eine Art leises Winseln. Stattdessen holt sie den Becher heraus, spült beide Bruchstücke unter fließendem Wasser ab, drückt sie wieder zusammen und betrachtet die Bruchstelle von allen Seiten, wie ihre Mutter es tun würde. Nichts fehlt; der Henkel ist glatt abgebrochen, ja, das kann man kleben – aber es wird nicht dasselbe sein, vermutlich kann sie den Becher nie wieder benutzen, denn der Henkel würde zu stark beansprucht. Wie um alles in der Welt ist das passiert. Sie hat ihn weder angeschlagen noch fallen lassen, plötzlich hielt sie den Henkel einfach in der Hand. Wie lange ist der Riss gewachsen, während sie den mit Flüssigkeit gefüllten Becher anhob und nicht ahnte, dass er jeden Moment zerbrechen und sie einen Schwall abbekommen könnte? Wie lange wusste der Becher vor ihr Bescheid?

Nachdem sie beide Bruchstücke abgespült hat, legt sie sie nebeneinander auf den Küchentresen. Sie betrachtet die Teile wie zwei kleine, braune Beweisstücke. Wendet sich wieder dem Abwasch zu.

Sie trägt das gespülte, abgetrocknete Geschirr zurück in ihr Zimmer. Stellt das Geschirr ins Regal, nimmt abermals die beiden Bechertrümmer in die Hand und wägt ihre unnatürliche Trennung in beiden Händen ab. Ehrlich gesagt ist sie ziemlich aufgebracht. Sie ist hinausgegangen, um eine simple Aufgabe zu erledigen, und nun kehrt sie in Schande zurück.

Sie könnte Rich bitten, den Becher zu kleben. Seine sanften Arzthände würden den überschüssigen Klebstoff von …

Nein. Sie kann das allein. Sie wird alles auf dem Schreibtisch ausbreiten und sich jeden Handgriff genau überlegen: wo der Kleber aufgetragen wird, wie stark und in welchem Winkel sie die Teile zusammenpressen muss. Sie wird den Becher reparieren, langsam und vorsichtig. Allein bei dem Gedanken möchte sie weinen.

Sie atmet tief durch, legt die Stücke ins Regal, holt ihr Handy und schaltet es ein.

Eine technisch bedingte Pause.

Dann blinkt das Display lautlos auf: 3 neue Nachrichten.

Sie öffnet sie. Eine ist von ihrer Mutter: Kann ich heute Abend mal anrufen. Eine von Rich (natürlich): Können wir heute mal über nächstes Wochenende reden.

Und eine lange, unerwartete von Bridget:

Und, hast du wegen rich schon was entschieden, top oder flop? ich versuche ganz im ernst king lear im bett zu lesen, keine gute idee. von nichts kommt nichts zzzzzzz usw. wie dem auch sei hoffe deine sonette sind super. ich komme heute evtl zum evensong rüber wäre das ok? xx

Ein unzufriedenes Grunzen steigt in ihrer Kehle auf. Bridget ist gegen Rich und hat ihr Blind Dates mit netten jungen Männern von ihrem College angeboten. Gestern fragte sie, völlig zu Recht natürlich: Hast du einen Vaterkomplex, oder was? Als wäre sie da nicht selbst draufgekommen. Sogar Rich hat es mehr als einmal erwähnt. Dass er fast doppelt so alt ist wie sie, gefällt ihm gut, gleichzeitig macht es ihn nervös. Sie selbst findet den Ansatz unverändert langweilig. Die Abwesenheit ihres Vaters macht ihn automatisch interessant; ihre Mutter hat ihn begehrt, jetzt ist er weg, also. Sie hat den Eindruck, dass die Freud'sche Interpretation hinter ihr herkriecht wie eine Spinne; Kankra jagt sie durch die vielen Tunnel der Höhle, bis die Psychoanalyse sie endlich zu fassen kriegt und in das widerliche Netz drückt. Bridget hat einen Scherz gemacht, aber die Frage ist klebrig wie Melasse und spinnt sie in triefende Fäden ein.

Im letzten Trimester veröffentlichte Bridget in *Isis* ein Gedicht mit dem Titel »Die ewige Kuh«. Die beiden einzigen Schlagwortkombinationen, die Annabel einfielen, als sie um ihre Meinung gebeten wurde, lauteten: *irgendwie lustig* und *irgendwie tiefgründig*. Das Gedicht war gut, sie mochte es, es war ein bisschen zu laut, aber schlüssig, und außerdem ein bisschen einfältig. Es war (denkt sie, während am Horizont ihre eigene Arbeit auftaucht) den Sonetten diametral entgegengesetzt. Als sie es las, musste sie besonders empfänglich gewesen sein, denn in den Tagen danach ging es ihr durch den Kopf, wann immer sie auf der Wiese stand: Diese Kuh hat ein schlechtes Essay über Wordsworth geschrieben, Der launische Blick ist dieser Kuh nicht würdig, einem so gepflegten Wesen; Diese Kuh ist eine von bedrückend vielen, Diese Kuh wehrt meine abstrakten Nomen ab, und so weiter. Das Gedicht war ziemlich lang, und seine Verse nahmen an unterschiedlichen Tagen eine unterschiedliche Bedeutung an. Aber insgesamt fand sie es zu laut, und am Ende musste sie es komplett verdrängen.

Doch Bridget ist so selbstbewusst, dass sie mit *irgendwie lustig* und *irgendwie tiefgründig* prima leben kann. Gestern war sie fröhlich und gereizt: Alter, ich liebe es, wenn du dir immer das größte Croissant nimmst. Ihre Gereiztheit ist ein fester Bestandteil ihrer Fröhlichkeit. Nie dreht sie die Heizung auf, sie sitzt in einem durchlöcherten Pulli in ihrem Zimmer und strahlt eine winterharte, rosige Lässigkeit aus. Außerdem hat sie absolut nichts für Romantisierungen übrig. Sie ist groß, schön und fotogen, was sie jedoch ausgleicht, indem sie meistens eher unfreundlich ist; nicht auf eine von heiliger Selbstgerechtigkeit erfüllte Art, sondern indem sie kleine Spitzen austeilt. Beispielsweise leitet sie jede Beschwerde mit *Alter* ein.

Wie dem auch sei. Sie liest die Nachrichten noch einmal, schickt ihrer Mutter eine kurze Antwort und schaltet das Handy wieder aus. Bridget, Evensong, Rich – darum wird sie sich später kümmern.

Von irgendwoher nimmt sie ein Unwohlsein wahr. Ach ja, der braune Becher. Manchmal erweisen sich ihre bösen Ahnungen als unbegründet – der Nachhall einer Textnachricht, eine ungute Erinnerung – und lassen sich schnell orten und zerstreuen. Nicht diese. Der kleine braune Henkel, plötzlich ganz allein in ihrer Hand. Es ist ein Ärgernis. »Ich ärgere mich«, sagt sie laut, aber ruhig. Sie hatte sich an das harte Dunkelbraun gewöhnt, an die bauchige Form. An die Gesellschaft dieses Bechers, was eigentlich keinen Sinn ergibt, das merkt sie, noch während sie es denkt. Dennoch war da ein vages Gefühl von Zusammenhalt. Als wäre ein Teil ihres irdischen Selbst in diesen Becher eingeflossen. Oder als hätte sie mit diesem Becher etwas gefunden, von dem sie immer geglaubt hatte, es existiere nur in ihrer Fantasie und warte darauf, endlich entdeckt zu werden. Nun ist der Becher für immer ausrangiert, er wird den Ruhestand im Regal antreten und nie wieder etwas für sie aufbewahren.

Aber Moment mal, eben hatte sie doch noch einen Plan. »Komm schon, Annie«, sagt sie zu sich selbst. Eine letzte Kraftanstrengung.

Sie setzt sich, klappt den Laptop auf, öffnet ein neues Dokument und zentriert den Cursor. Greift zum Buch und beginnt zu blättern. Wählt willkürlich sechs dem Liebesdreieck gewidmete Sonette aus – drei an den Jungen Mann und drei an die Dunkle Dame – und tippt sie ab. Sechs kleine Ausgänge aus dem großen Labyrinth. Dass du sie hast, ist nicht mein größter Schmerz. Nun hab ich dir gestanden, dass er Dein. Das Abtippen bewegt sie, als wäre sie Gras.

Sie vergrößert den Zeilenabstand und setzt das letzte Reimpaar durch eine Leerzeile ab, dann verkleinert sie den Zoom und überprüft, ob die Sonette sich genau in der Mitte der Seite befinden. Sie klickt auf drucken, beugt sich unter den Schreibtisch, um den Drucker einzuschalten, ergreift beim Wiederaufrichten das Kabel und schließt den Laptop an. Eine Pause, dann kommt die Elektronik zu sich und der Drucker klappert los. Eine Seite nach der anderen schießt heraus.

Also. Sie breitet die sechs Seiten auf dem Schreibtisch aus. Sechs kompakte Gedichte, und ihr Verstand tastet sie ab wie eine Zunge, die langsam und ohne abzusetzen über das Rückgrat eines jeden einzelnen fährt. Manchmal denkt sie, sie könnte selbst eine Dichterin sein. Sie hat noch nie ein Gedicht geschrieben, aber das macht nichts, sie hat trotzdem eine Ahnung von den Gedichten, die sie schreiben würde: kurz, undurchsichtig, komplex. Sie haben kein bestimmtes Thema. Sie bringen keine Bedeutung hervor, eher einen *Effekt*. Wie Musik aus Worten. Nun ja. Vielleicht ist es kein Zufall, dass sie nie eins geschrieben hat.

Oder will sie (ein neuer Gedanke) am Ende selbst ein Gedicht sein? Ein stilles Gedicht, ganz allein auf einer Seite. Klein und eigenartig wie Emily Dickinson, oder lang und funkelnd wie der Verfasser des Gawain-Gedichts, oder eine gehauchte Frage wie von Keats. Oder vielleicht eins, das nur in Gedanken existiert, samt Kommata und Doppelpunkten, nie ausgesprochen, sondern stumm, oder höchstens gemurmelt wie eine aufrührerische Wahrheit, hinter dem Rücken der Leute …

Nein. Details trüben die Klarheit des spontanen Einfalls: Sie möchte ein Gedicht sein.

Nun aber keine weiteren Verzögerungen. Mit frischer Entschlossenheit wendet sie sich dem Schreibtisch zu und *arbeitet*, steigt in die Sonette hinein und passt sich geschmeidig ihrer Form an. Inhalt, Ton. Wahl der Pronomen. Reime. Quartette, Paare. Lange Metaphern und kurze. Gar keine Metaphern, oder nur wenige.

Und dann, auf einer abstrakteren Ebene: Welche Bilder findet er für das, was ihn quält. Wie windet er sich, welche Spannungen ergreifen ihn, wenn er zur Feder greift. Welche Vorurteile. Du Wucherin, auf Vorteil stets bedacht – eine hinterlistige Beleidigung der Frau, die mit seinem Freund schläft statt mit ihm. Wollüstige Anmut! Dir steht Schlechtes fein: Du lüsterne Verlockung, du unverschämter Junge. Sie schreibt, umkreist, unterstreicht und lässt ein einziges Ausrufezeichen auf die Seite fallen.

Irgendwann läuten die Glocken von Merton alle vier ihrer Viertel, dann schlagen sie die Stunde. Eins. Zwei. Stille. Sie sieht zu den Becherstücken im Regal hinüber, spürt eine Gefühlswelle anrollen, richtet den Blick wieder auf die Seite.

Sie merkt, wie sie nicht nur in die Sonette hineinsteigt, sondern auch in ihre jeweilige Wahrheit. Die Gedichte handeln vom selben Thema, stammen vom selben Verfasser und stehen auf demselben Blatt, und doch sind sie unterschiedlich. Sobald man ihnen die Würde einer eigenen Seite erweist, ragen sie auf wie sechs Eichen, die in einem Park zu ungeahnter Größe herangewachsen sind. Jede hat eine eigene Haltung, einen eigenen Standpunkt und eigene morsche Stellen, und im Herbst folgt ihr Vergilben einem eigenen Muster. Jedes der Gedichte erfordert eine bewusst aufgefrischte Aufmerksamkeit.

Und umgekehrt geben sie etwas jeweils Eigenes über das Verliebtsein preis, das uns täglich weismachen will, alles sei magisch und neu. In Wahrheit ist es immer nur derselbe alte Baum in derselben alten Erde.

Nach einer Weile hebt sie den schweren Kopf, löst ihre Gedanken von den Sonetten und bemerkt, dass fast zwei Stunden vergangen sind. Alles hat eine weiß-braune Schattierung angenommen. Dieser bürgerliche Schreibtisch, dieses hervorragende Zimmer. Sie hat *gearbeitet*, und da ist der Beweis: ein Stapel Gedichte mit Anmerkungen in ihrer kleinen, gedrängten Handschrift. Sie hat kleine Gedanken gedacht und aufgeschrieben. Zusammengenommen ergeben sie noch keine These, aber immerhin sind es viele. Sie haben sich angesammelt wie Samen. Morgen kann sie sie vermischen und verdichten. Es wird vielleicht nicht das beste Essay, das sie je geschrieben hat, aber sie wird eine gewisse Stoffmenge gründlich verdaut haben.

Sie steht auf und hebt die Arme zu einem allmächtigen Recken, das ihren Oberkörper aus der Hüfte zieht. Lampe aus, Stuhl ran, Zettel und Bücher an die Seite, Stifte zurück in den Becher. Das alles lässt sich nun voller Überzeugung tun. Das Gefühl, genug von sich selbst in qualifizierte Gedanken verwandelt zu haben. Wie ein Alkoholiker bei Tennessee Williams hat sie das *Klicken* gespürt; etwas in ihr wurde auf unerklärliche Weise befriedigt.

Jetzt sieht sie auf die Uhr und rechnet, ihr Gesicht verspannt sich vor Konzentration. Sie schätzt ein, teilt ab. Für alles wird ihr keine Zeit mehr bleiben. Aber für Yoga, ja, sie möchte gut gedehnt sein und wünscht sich ansehnliche Muskeln. Meditation, ja, denn sie möchte spüren, wie sich die Brandung in ihrem Kopf nach und nach beruhigt. Gehen, ja, sie möchte in kühler Gedankenlosigkeit spazieren gehen, oder währenddessen denken, oder vielleicht lässt sie den GELEHRTEN beides tun, an ihrer Stelle. Dann eben kein Evensong. Religiöse Ehrfurcht – ja, darauf kann sie heute verzichten. Sie hat schon vor langer Zeit gelernt, dass den Tag zu überfrachten nichts bringt. Was sie macht, macht sie richtig.

Beim Gedanken an Yoga werden ihre Bewegungen sofort achtsamer. Sie zieht sich schnell aus, schlüpft in Trägertop und Pyjamahose, holte die zusammengerollte Matte heraus und platziert sie genau in der Mitte des Zimmers. Sie entrollt sie mit einer einzigen, zügigen Geste. Tritt an das eine Ende und hält kurz inne.

Dann *schüttelt* sie sich. Ihre Arme fliegen umher, die Hände flattern wie kleine Taschentücher, und die Brüste wackeln, während sie die Schultern vor und zurück wirft. Sie stützt sich an der Stuhllehne ab und schüttelt die Beine nacheinander aus dem Knöchel, dem Knie, der Hüfte. Sie schlenkert mit dem Kopf, bis die Gesichtshaut sich in diese und jene Richtung über die Knochen schiebt, dann geht sie leicht in die Knie und schüttelt die Pobacken. Sie wiederholt die Prozedur, stampft von einem Bein aufs andere, atmet tief und schleudert ihre Glieder von sich, denn *alles* soll sich bewegen, selbst ihre inneren Organe sollen sich bewegen, bewegen, bewegen.

Nach ein paar Minuten ist es genug, sie streckt sich rücklings auf der Matte aus. Bleibt still liegen und spürt in ihren Körper hinein. Ihr ist warm. Eine lockere Wärme pulsiert in ihren Gliedern.

Sie zieht die Knie an, schlingt die Arme um die Oberschenkel und beginnt zu schaukeln, immer an der Wirbelsäule entlang. Es läuft nicht ganz glatt, der eine oder andere Rückenwirbel hakt. Sie holt Schwung, richtet sich auf, geht übergangslos auf Hände und Knie. Atmet weiter, kippt das Becken und setzt die Bewegung durch Rücken und Schultern bis in den Nacken fort, und dann geht es wieder zurück, sie macht einen Buckel und erklärt Miles, wie man die Welle vom Steißbein aufwärts rollen lässt …

Nein. Keine Erklärungen. Sie kehrt zu ihrem Fokus zurück wie in einen kleinen, grauen Kreis.

Lässt sich auf die Fersen sinken, beugt sich vor, setzt die Hände auf und dehnt sich, und dann geht es *empor*, ihr Hintern steigt in die Höhe und sie spürt eine sehr gesunde Anspannung in den Schultern. Sie stemmt sich auf Handflächen und Finger und verharrt in dieser Position. Atmet ein und durch den Mund geräuschvoll wieder aus, und etwas verlässt sie. Sie versucht zu akzeptieren, dass die überwältigende Stille in ihrem Kopf nicht von Dauer sein wird.

Mitten im Sonnengruß wird ihr klar, dass Rich ihr zuschaut; sie hat ihn unbemerkt dazugeholt. Schon hat sie ein paar Details ausgearbeitet, zum Beispiel, dass er nicht wertschätzen kann, wie anstrengend es ist, tatsächlich ganz im eigenen Körper anzukommen und ihn von innen nach außen zu bewegen. Doch weil er Arzt ist, fällt ihm durchaus auf, wie reibungslos ihre Gelenke funktionieren, fast wie geschmiert. Wenn sie sich auf die Unterarme stützt, bewundert er ihr Durchhaltevermögen beim Planking, und auch, dass sie immer genau weiß, was als Nächstes kommt. Außerdem gefällt es ihm, wenn sie den Hintern in die Höhe reckt.

Um seinem Blick zu entgehen, ersetzt sie ihn durch den GELEHRTEN, der sie aus einem anderen Interesse heraus beobachtet. Sein Interesse ist beruflicher Natur und deshalb womöglich *wahrhaftiger*, was immer das bedeutet. Seine Muskulatur, seien wir ehrlich, würde für so etwas wie das hier niemals ausreichen. Sie entlässt ihn mit einem kleinen Lächeln und macht weiter.

Nach einigen Durchgängen mit viel Strecken, Bücken, Absenken und Verdrehen wendet sie sich zum Fenster um und richtet sich an die Bäume. Zieht das Knie an und stemmt die Fußsohle gegen die Oberschenkelinnenseite des Standbeins. Findet ins Gleichgewicht ... so. Es ist ihre Lieblingsübung. Durch ihr Rückgrat und ihr Bein zieht sich eine dicke Wurzel bis tief in den Boden. Sie legt die Handflächen aneinander, schiebt die Arme über den Kopf und öffnet sie wie zwei Äste. Sie ist ein Baum. Hochachtungsvoll grüßt sie die kahlen, sonnenbeschienenen Bäume im kahlen, sonnenbeschienenen Winter. Sie genießt es, ein Baum zu sein. Der schwere Seitenast ihres Beins droht, sie aus der Balance zu bringen, sie stemmt den Fuß noch fester gegen den Oberschenkel und spürt, wie das Gewicht in den Boden abfließt. Sie sollte versuchen, die Augen zu schließen, damit der Knöchel ihres Standbeins zitternd zu eigener Stärke findet. Andererseits ... dieses klarsichtige, offene *Baum-sein*. Ihr Atem geht wie ein Windhauch, ihr erschlafftes Gesicht ist zu einem entspannten Lächeln verzogen. In Anwesenheit eines anderen Menschen würde sie niemals so lächeln. Nach einer Weile bewegt sie vorsichtig das Bein, stellt den Fuß zurück auf die Matte und nimmt die Pose spiegelverkehrt ein. Sie ist ein Baum.

Dann geht sie breitbeinig in die Hocke wie ein Pilz, verharrt und spürt, wie ihre Hüfte sich öffnet. Weisheit fließt von einem Ort zum anderen und durchströmt sie. Sie atmet tief und dankbar weiter, dann lässt sie sich auf den Hintern sinken, rollt sich über den Rücken ab und schwingt die Beine in die Höhe. Sie stützt den Rippenbogen mit beiden Händen ab und streckt die Beine durch. Für den Schulterstand hat sie nicht viel übrig. Die bedeutungslosen Beine dort oben, das in Falten gelegte Bauchfett unter dem verrutschten Trägertop. Sie atmet schwer; jetzt ist sie kein Baum mehr; da ist kein kühler Sommerregen auf Blättern und Zweigen, nur das schwere Gewicht ihres Körpers, das sie wie ein heißer Stachel von oben nach unten durchfährt und auf ihre Schultern drückt.

Als sie es nicht mehr aushält, belohnt sie sich selbst, indem sie die Beine langsam über ihren Kopf kippen lässt. Ihre Zehen nähern sich dem Boden in einem eigenartigen Winkel, ihr Rücken wird einmal langgezogen. Sie darf auf keinen Fall den Nacken anspannen, dann würde sie sich wehtun. Dieser tiefe Zug. Immer weiter atmen, ja, gut so. Schließlich zieht sie die Beine langsam wieder an und lässt sich auf die Matte zurücksinken. Wie flach ihr Rücken sich jetzt an den Boden schmiegt, außerdem fühlt sie ein Zucken und Kneifen, als die Energie durch ihre Hüfte strömt. Sie dreht den Kopf zur einen Seite und zur anderen, spürt dem Aufwallen und Abflauen nach.

Nun muss sie sich nur noch nach links und rechts verdrehen, absolut wohltuende Bewegungen, geschmeidig wie zwei langsame Fische.

Während sie ausgestreckt am Boden liegt, sieht sie zum Fenster hinaus. Das Sonnenlicht fällt jetzt in einem fast waagerechten Winkel ein und wirkt ein bisschen halbherzig. Innerhalb der nächsten Stunde wird eine messerscharfe Winterdämmerung aufziehen. Bäume, Mauern und Dächer werden erstarren und unter einem leeren Himmel in der Dunkelheit versinken.

Sie rollt sich auf die Seite und richtet sich langsam auf. Ihr Körper fühlt sich gut an, *benutzt*. Über die kräftigen Füße zieht sie sich Socken, jetzt schon weich vom Schweiß des Tages, und über den Kopf ein Baumwollhemd und einen dicken Pullover. Sie nimmt die blaue Decke vom Stuhl und lässt sie zu Boden fallen. Sie trägt das Wasserglas ins Bad und füllt es, und weil die Luft im Bad so warm und schwül ist, stellt sie das Glas kurz ab, setzt sich auf die Toilette und pinkelt. Entleert sich in einen Zustand der Ruhe.

Die körperliche Übung, sagt man, ist eigentlich nur eine Vor-
bereitung auf die Sitzübung. Zurück im Zimmer zieht sie das
Kissen an die richtige Stelle und schüttelt es kurz auf, damit die
Füllung sich verteilt. Sie nimmt Platz, Hüfte und Oberschenkel versinken. Sie hält den Knopf der Küchenuhr gedrückt,
bis sie fünfundvierzig Minuten anzeigt, dann drückt sie auf
Start. Ein Piepton. Sie legt sich die Decke um die Schultern,
sodass Brust, Schoß und Beine darunter verschwinden wie
unter einem stattlichen Zelt. In der blauen Dunkelheit tas-
ten ihre Hände nach den Knien. Sie schließt die Augen und
beginnt.

Zunächst wird sie sich der Gedankenfetzen des heutigen Tages bewusst. Da liegen sie als großer Haufen, manche drohen tatsächlich, eine gewisse Dringlichkeit anzumelden. Sie bemüht sich, die Gedanken mit einem schwebenden, ruhigen Interesse zu betrachten, ohne sie herauszufordern. Da sind sie. Sie winden sich unter ihrem Blick und weigern sich, näherzukommen oder sich sanft anlächeln zu lassen. Zuletzt huschen sie davon.

Als Masse, als *Klumpen* ruht sie auf dem Kissen. Ihr Verstand ist leer wie eine weiße Leinwand. Sie atmet langsam ein und fühlt, wie die Luft ihren Brustkorb weitet, das Becken erreicht und die Zellen ihres Körpers anschwellen lässt, und beim Ausatmen spürt sie den glatten, verlässlich tragenden Untergrund. Ihr Körper ist ein Klumpen ... der Winter ist nicht nur auf metaphorische Weise bedrückend, plötzlich fühlt sich ihre Kleidung enger an ... wäre es nicht schön, ein bisschen leichter zu sein und müheloser zu sitzen ...

Ah: Gedanken.

Sie schenkt ihnen ihre wohlwollende Aufmerksamkeit und legt sie behutsam beiseite. Diese spezielle Gedankengruppe, dieser Schwall, überfällt sie ziemlich oft; die Besorgnis darüber, dass sie so viel sitzt, und die Frage, wie sie abnehmen könnte. Vielleicht würde sie, wenn sie ihren Spaziergang vorverlegt und sich erst danach an den Schreibtisch setzt, weniger ...

Ah: Gedanken über ihre Gedanken. Ein Klassiker.

Immerzu kommentiert sie die eigenen Ablenkungsmanöver – und schon wieder erwischt sie sich beim Denken. Sie betrachtet die ineinander verknoteten Gedanken und lässt sie beim nächsten Ausatmen aus sich heraus und zu Boden sinken. Sitzt mit klarerem, hellerem Verstand da. Spürt eine Ruhe. Spürt ihren gesamten Körper auf einmal, die darin zirkulierende Energie und Atemluft und Wärme, seine schnurrenden

Funktionen. Wie muskulös und biegsam sie ist, sie ist das Gegenteil von steif, *sie* würde nicht beim ersten Kontakt mit Spülwasser zerbrechen …

Ah: Gedanken. Und eine panische Trauer.

Ja, morgen wird sie aus dem anderen Becher trinken, und in ihr wird sich die melancholische Erkenntnis ausbreiten, dass die Jahreszeiten unaufhaltsam voranschreiten. Doch nach einem Ersatzbecher Ausschau zu halten, könnte auch Spaß machen, wer weiß, welch unverhofft hübsche Keramik sie …

Oh, schon wieder. Um Gottes willen. Als wirbelte ihr überhitzter Verstand Staub auf.

Sie versucht loszulassen, diesmal aber wirklich. Sie kann den Zustand nicht erzwingen, er ergibt sich aus einer prinzipiellen Offenheit, wenn sie versucht, ein Laken im Wind zu sein, herabgezogen von der Schwerkraft, während die Böen ungehindert darüberstreichen. Ja, sie ist offen. Sie ist ein hängendes Laken aus schwerer, ungebleichter Baumwolle. Ihr Atem kommt und geht. Sie kann ihre Umgebung fühlen. Die greifbare, gelbe Behaglichkeit des warmen Zimmers. Sie konzentriert sich auf den Boden und das Kissen, auf die Stellen, an denen ihre Haut es berührt oder nicht berührt. Sie ist

DU LIEBE GÜTE sie zuckt zusammen was ist das ist das der Feueralarm?
das Geräusch verstummt
UND SETZT WIEDER EIN
ach verdammt es ist ihr Festnetztelefon das ist es das Telefon das sonst nie klingelt klingelt und klingelt

Sie steht auf – kurz wird ihr schwindelig – und greift zum Hörer. »Hallo?«

»Hey.«

Weder der Pförtner noch ein Kommilitone. Rich. Nicht Oxford. Seine warme, volltönende Stimme.

»Oh … hi«, sagt sie.

»Das klingt nicht gerade so, als würdest du dich freuen.«

»Sorry, ich …«

Sie bittet ihren Verstand, wieder anzuspringen und diese schneeweiße Leere zu füllen, sie ist blind vor Verwirrung, darf sie diesen Anschluss überhaupt privat nutzen, hört da jemand mit? Dann wiederum tun sie ja nichts Schlimmes …

»Ich habe nur meditiert.«

»Oh, tut mir leid. Du klingst tatsächlich ein bisschen abwesend. Soll ich später noch mal anrufen?«

»Nein, ich … ist schon okay.«

Sie schiebt den Finger in die enge Spirale des Kabels. Sieht die Küchenuhr auf dem Boden, noch vierunddreißig Minuten und zwölf Sekunden, elf, zehn …

Er gluckst. »Ich glaube, so habe ich dich noch nie reden gehört.«

»Kann sein. Wo bist du?«

»Ach, zu Hause. Ich wollte unbedingt mit dir sprechen, und der Pförtner hat mich netterweise durchgestellt. Ich habe es auf deinem Handy versucht, kann es sein, dass du es den ganzen Tag nicht eingeschaltet hast?«

»Ja.«

Ein kleiner, zappeliger Teil von ihr freut sich über seinen Anruf. Der Rest ist wie eine riesige Glasscheibe, die sich fallen lassen und auf ihm zerplatzen will. Wie sie merkt, hat sie soeben gelogen.

»Also …« Er senkt die Stimme. »Was hast du gerade an?«

»Einen Pyjama.«

»Was? Ha, ha, es ist fast vier, warst du heute noch nicht draußen?«

Sie könnte erklären, dass sie … Nein, zu kompliziert. »Das mache ich gleich.«

»Okay, Miss Pyjama. Ich rufe natürlich wegen des kommenden Wochenendes an, ich brauche jetzt wirklich eine Antwort, damit ich ein Hotelzimmer buchen kann, ansonsten müssen wir nämlich in irgendeine schäbige Pension.«

»Ja.«

»Entscheide dich einfach. Ja oder nein?«

»Ich … jetzt sofort?« Sie klingt wie ein Kind.

»Annie, wir reden von zwei Übernachtungen. Ist es wirklich so schwer? Oder nur eine, wenn dir das lieber ist. Willst du mich nun sehen oder nicht?«

»Hör mal, es ist … ich bin nur …«

»Ja, ich weiß. Du willst lernen.«

»Ja.«

Die Küchenuhr steht bei zweiunddreißig Minuten, einunddreißig Minuten neunundfünfzig, achtundfünfzig, siebenundfünfzig …

»Weißt du, gestern konnte ich nicht schlafen, und da habe ich mir vorgestellt, was ich mit dir machen würde, wenn du hier wärst.«

»Rich«, sagt sie hilflos.

»Möchtest du wissen, was ich machen würde?«

»*Rich*.«

»Was?«

»Das geht nicht, es tut mir leid, ich bin … ich habe jetzt keinen Kopf dafür.«

Er atmet scharf aus. »Okay. Ich schlage vor, du rufst mich vor dem Schlafengehen an und teilst mir deine Entscheidung mit. Also gegen sieben, oder?«

»Ja, okay. Sorry, ich habe nur … ich bin …«

»Ich verstehe schon, das ist jetzt nicht der richtige Moment für Entscheidungen. Übrigens habe ich heute Bereitschaftsdienst, du kannst es aber bis sechs auf dem Festnetz versuchen und mir, falls ich nicht da bin, eine Nachricht hinterlassen. Aber wahrscheinlich bin ich da und träume weiter von dir.«

Sie windet sich innerlich. Dennoch. »Okay.«

»Hab noch einen schönen, produktiven Nachmittag.«

»Danke, du auch.«

»Bye.«

»Bye.«

Er klang irgendwie so. Nicht gereizt, aber. Manchmal benimmt sie sich eigenartig, er hat sie schon einmal damit aufgezogen. Wer den Namen und die Zimmernummer kennt, wird von den Pförtnern meistens durchgestellt. Was würde er mit ihr machen, wenn sie da wäre?

»Bitte«, flüstert sie. Sie steht immer noch beim Telefon. Nimmt die Hand vom Hörer. Sie fühlt sich schwach, ihr ist innerlich kalt vor Schreck, vom Adrenalin, dem durchdringenden Klingeln in der dröhnenden Stille. Sie hat ihm weder von dem zerbrochenen Becher erzählt noch von ihrem Spaziergang am Morgen. Oder dass sie seine Nachricht gesehen, aber nicht geantwortet hat. Ist es nicht ganz normal für einen Mann, seine Freundin anzurufen? Was würde er mit ihr machen?

Dann muss sie sich also heute noch entscheiden. Eine neue Deadline überschattet den Nachmittag. Vielleicht wäre es besser, spazieren zu gehen statt zu versuchen, die körperchemischen Turbulenzen einfach auszusitzen. Sie könnte einen längeren Spaziergang unternehmen und das Dilemma in die Dämmerung verschleppen.

Sie bückt sich nach der Küchenuhr, schaltet sie aus – erneut ein Piepton – und räumt Uhr und Kissen an ihren jeweiligen Platz zurück. Geht zum Bett und entledigt sich der Pyjamahose ebenso wie der vielen Pullover. Als ihre Brüste entblößt sind, krümmt sie ganz leicht die Schultern; seine Stimme hängt immer noch im Raum, sie stellt sich vor, er würde sie beobachten. Entlässt ihn mit einem Kopfschütteln. Zieht BH, Unterhemd, langes Unterhemd und Jeans an, holt den dunkelgrünen Pullover und ein zweites Paar Socken aus dem Schrankfach, schnürt sich die Stiefel extra fest. Mantel, Schal, Mütze. So verpackt setzt sie sich auf die Toilette und pinkelt noch einmal. Im Rauschen der Spülung wäscht sie sich die Hände, dann steckt sie ihren College-Ausweis, einen Zehnpfundschein und die Schlüssel ein. Sucht ihre Handschuhe. Geht hinaus.

Hinter ihr fällt die Treppenhaustür klickend ins Schloss. Da steht sie nun im einsamen Hof, der Abend ist auf erregende Weise kühl. Sie atmet ein, es riecht nach den kalten Mauern. Die Luft ist schneidend, das letzte Licht daraus gewichen.

Am Haupttor bleibt sie stehen, macht sich bereit, stemmt die schwere Eichentür auf und hält sie fest, um zwei Chorsänger hereinzulassen. Beide haben sich den Talar über den Arm gelegt und sind auf dem Weg zur Probe. Sie tritt hinaus und folgt dem dunklen Weg zur High Street.

Sofort sind der GELEHRTE und der VERFÜHRER an ihrer Seite. Es ist, als hätte sie sich einen dunklen Umhang umgelegt. Zunächst laufen sie einfach nur nebeneinander her, ganz planlos, wie es ihre Angewohnheit ist.

Erst ist sie der GELEHRTE, schiebt die Hände in die Taschen und holt zu langen, gemessenen Schritten aus.

Dann ist sie der VERFÜHRER, hebt das Kinn, lächelt schwach, nimmt den ganzen Raum ein und zeigt mit behandschuhtem Finger auf die andere Straßenseite.

Sie ist wieder der GELEHRTE und richtet ihre Aufmerksamkeit auf den Mann an ihrer Seite, spürt die Geste des VERFÜHRERS, als schiebe er seine Hand durch sie hindurch.

Und dann ist sie der VERFÜHRER und weiß genau, welche Wirkung er auf den Freund hat. Er kann gar nicht genug davon bekommen, vielleicht weil er sieht, wie angestrengt der GELEHRTE versucht, ihm zu widerstehen.

In den Straßen ist es still. Am frühen Sonntagabend wird gelernt, ein Kater auskuriert, der Evensong vorbereitet. Der GELEHRTE und der VERFÜHRER erwachen zum Leben und nehmen ihre Gedanken in Beschlag, und die wechselseitige Faszination erreicht ihre volle Lautstärke. Wie interessant. Diese beiden Männer kennen einander schon so lange, und doch ist da immer noch etwas – sie berührt es leicht mit dem behandschuhten Finger, während sie die Straße überquert – ein adoleszenter Glamour. Im Grunde haben sie ihn nie überwunden. Sie macht sich daran, den Gedanken auszumalen. Vielleicht kennen sie sich tatsächlich schon seit der Schule. Nein; als Schüler kannten sie einander nur vom Hörensagen. Eines Morgens hatte der VERFÜHRER, damals schon gelangweilt und mit großer Entourage aus reichen Freunden, auf dem Schulhof einen schlaksigen, vor Kälte schlotternden, in ein Buch vertieften Jungen entdeckt. Sein Interesse war sofort geweckt. Diese grimmige Konzentriertheit, damals schon. Der VERFÜHRER holte Erkundigungen ein, erfuhr den Namen des Jungen und beobachtete ihn ein bisschen. Sie versetzt sich in den VERFÜHRER, während er beobachtet. Der GELEHRTE hebt den Kopf und begegnet ihrem Blick; ein kurzes Erschrecken.

Ja. Der GELEHRTE fühlte sich beobachtet und erschrak. Erkundigungen brauchte er keine einzuholen; seit Jahren kannte er die Geschichten über den etwas älteren Jungen und seine Streiche. Die Anekdoten waberten durch die Schule wie Algen durch Wasser. Er fing an, den VERFÜHRER seinerseits zu beobachten, und so entwickelten sie eine kleine Routine aus Blicken, Lächeln und gelegentlich auch einem Kopfnicken auf dem Gang. Aber ins Gespräch kamen sie nie; ihr gegenseitiges Interesse schimmerte auf, nahm aber nie Gestalt an. Als der VERFÜHRER von der Schule abging, empfanden beide einen winzigen, verwirrenden Verlustschmerz. Er zog nach London, vermutlich um Karriere in der Politik zu machen, denn immerhin war sein unverwüstlicher, authentischer Charme seine hervorstechendste Charaktereigenschaft. Der GELEHRTE verlor ihn aus den Augen, ein paar Jahre später ging seine Schulzeit ebenfalls zu Ende, und er setzte seine Ausbildung woanders fort – im hohen, frostigen Norden vielleicht, oder in den Wäldern des Westens oder in der südlich gelegenen Wüste. Sie überlegt. Die Wälder passen am besten zu ihm. Wie dem auch sei, sie wollte damit nur sagen, dass keiner von beiden mit einem Wiedersehen rechnete. Die Sache war vorbei.

Der Imbisswagen steht an der üblichen Stelle, davor eine Warteschlange aus verkaterten Studenten in Winterjacke, die sich zusammendrängen und die Arme über dem verwirrten Magen verschränken. Sie muss an Sanjay und seine erfolglose Nahrungssuche denken. Wahrscheinlich ist er inzwischen frohen Mutes, sitzt schon wieder in der Bibliothek und liest Paine, Hume oder J. M. Keynes. Er hat den Kopf in die Hände gestützt und die Finger ins dunkle Haar geschoben. Vermutlich ahnt er nicht, dass er in der Küche ihr Interesse geweckt hat, so hat er sie nie wahrgenommen, dafür ist sie viel zu schüchtern und zu ernst. Wie hätte er reagiert, wenn sie zu ihm gegangen wäre und ihm über den Rücken gestrichen, die Hand unter sein T-Shirt geschoben und an seine warme Haut gelegt hätte?

Nein. Schluss damit. Um Gottes willen, vor zehn Minuten hat sie noch mit Rich telefoniert, ihrem Freund. Sie überquert die Straße und verschwindet in der Gasse hinter der Universitätskapelle.

Vor dem All Souls College bleibt sie stehen, legt die Hände an die schmiedeeisernen Schnörkel des Tors und betrachtet den Campus dahinter. Eine seltsame Einrichtung. Es gibt hier niemanden ohne Hochschulabschluss, alle Mitglieder sind ehrgeizige Fellows. Sie späht durchs Tor: keiner da. Die Leuchten an den Außenmauern tauchen den Rasen in ein dunkles Grün. Sie malt sich aus, wie die Gelehrten in langer Robe vorbeieilen, vielleicht sogar mit hochgezogener Kapuze, unterwegs zum Abendessen oder in die Bibliothek, oder sie schleichen sich davon und treffen einen Freund. Auf einem dunklen Campus stellt sie sich alle Bewegungen verstohlen vor, besonders hier im All Souls. Und vorstellen muss sie es sich, denn sie hat hinter dem Tor noch nie jemanden gesehen. Vielleicht ist der Campus nur eine Fassade für die Außenwelt, womöglich liegt dahinter ein Gewirr aus nichtöffentlichen Aufgängen, Zimmern und kreisrunden oder achteckigen Höfen. Ein Rosengarten oder ein Knotengarten.

Irgendwo in der Stadt läutet eine Glocke. Sie beobachtet weiterhin das College. All Souls ist wie gemacht für den GELEHRTEN. Sie stellt sich sein Zimmer vor, hoch oben und mit unspektakulärer Aussicht auf den Garten und ein paar gedrängte Dächer, Pfeiler, Gauben und Türmchen. Seinen Schreibtisch, diesen sicheren, stillen Ort, an dem sich Wissen und Einsamkeit ansammeln.

Scheiße, ist das kalt. Zu kalt, um hier herumzustehen. Mit entschlossenen Schritten geht sie weiter.

Aus einer weit entfernten Kirche ist leise Orgelmusik zu hören, die verstummt und wieder anhebt, und dann fällt der Chor ein. Die Leute proben für den Evensong, überall in Oxford treffen sie sich zum Singen, denn es ist, wie nennt man das noch … das Kronjuwel der anglikanischen Chortradition. Sie ist nicht strenggläubig, besucht die Andacht aber gern. Sie mag es, wie die anderen zur allgemeinen Beichte niederknien, die alten Talarträger (Männer, die hier schon ihr Leben lang niedergekniet haben, würdig und voller Demut) ebenso wie die jungen Leute in Jeans und Turnschuhen. Sie murmelt die Texte mit, sie kommen ihr mühelos über die Lippen, denn obwohl sie sie nie lernen musste, hat sie alle vollständig im Gedächtnis. Sie schlägt den rhythmischen Takt der Silben mit, sieht die Bolzen und Nieten in Thomas Cranmers Rhetorik, die eisenharte Sprache mit dem dunklen, herben Glanz. Verschone derer, o Gott, die ihre Sünden bekennen. Nimm zu Gnaden wieder an die, so bußfertigen Herzens sind. Schaffe in uns Gott, ein reines Herz, besonders in ihr, deren Herz meistens alles andere als rein ist, man bedenke nur, wie lüstern sie an Sanjay denkt, bloß weil sie ihn einmal im Pyjama gesehen hat. Und es ist nichts Gesundes an uns. Sie kennt die gesamte Liturgie auswendig und kann sie sich nun beim Gehen aufsagen, inklusive der Tagesgebete. Erleuchte unsere Finsternis, wir bitten Dich, o Herr, und behüte uns gnädiglich vor allen Anfechtungen und Gefahren dieser Nacht.

Eine der entgegenkommenden Gestalten erregt ihre Aufmerksamkeit, ah, natürlich, das ist Bridget. Sie hat sie erkannt, weil sie sie kennt. Da kommt sie, mit federnden Schritten und fröhlich gereizter Art. Bridget winkt, und sie winkt zurück. O Gott, auf einmal fällt ihr ein, dass sie gar nicht auf Bridgets letzte Nachricht geantwortet hat.

»Hallihallo«, sagt Bridget im Näherkommen, »gehst du denn heute nicht zum Evensong?«

Sie hebt einen Arm und lässt sich von Bridgets dünnem, hartem Körper drücken. »Nein, o je, eben ist mir eingefallen, dass ich mich gar nicht mehr gemeldet habe, sorry.«

»Ja, ja«, sagt Bridget. »Ich habe zu Hause rumgesessen und wollte mich fast schon ärgern, aber dann dachte ich, scheiß drauf, ich gehe allein, und wenn du da bist, bist du da, und wenn nicht, dann kriege ich wenigstens den Evensong mit und es wird bestimmt nett. Abgesehen davon habe ich einen Kater und bin heute nicht besonders gesprächig.«

Offenbar ist die Diskussion über die versäumte Antwort damit beendet. »Ha, ha, du Arme«, sagt sie, »was hast du gestern Abend denn gemacht?«

»Eigentlich war ich nur bei Catrionas Party, aber aus irgendeinem Grund dachte ich, es wäre kein Problem, nach dem Rotwein Gin zu trinken und dann Portwein und dann diesen ätzenden Whisky, und plötzlich ist das Ganze« – Bridget verzieht das Gesicht – »ein bisschen ausgeartet, um ehrlich zu sein.«

»Was ist passiert?«

»Oh Mann, ich habe …« Bridgets Stimme beginnt zu zittern, auf einmal glänzen Tränen in ihren Augen.

So kennt sie Bridget gar nicht. Sie streckt eine Hand aus. »Ist alles in Ordnung?«

»Ja, ich habe nur …« Bridget ignoriert die Geste, hebt die

nackte Hand und wischt sich die Augenwinkel ab. »Eigentlich wollte ich nicht lange bleiben, ich dachte mir, ich gehe bald wieder nach Hause, esse Bohnen auf Toast, ziehe meinen Pyjama an und schaue irgendeinen bescheuerten Kostümfilm. Mein Gott, ist das kalt, mein Wärmehaushalt ist anscheinend auch im Eimer, ehrlich, heute bin ich ein menschliches Wrack.«

»Wollen wir irgendwo was essen gehen? Dann musst du heute nicht mehr kochen.« Sie wird sich ihrer nicht ganz uneigennützigen Motive bewusst. Ja, sie möchte ihrer Freundin beistehen, aber gleichzeitig möchte sie ein bisschen bohren, sie will wissen, was gestern Abend vorgefallen ist. Sie möchte Bridget ein Stück ihres schwer bewachten Innenlebens entreißen.

»Nein, lieber nicht«, sagt Bridget, »ich bin ja nicht mal fit genug für den Evensong, ich muss einfach nur früh schlafen gehen, und morgen ist dann ein neuer Tag. Hast du wegen Rich und dem kommenden Wochenende schon was entschieden?«

»Oh«, sagt sie. »Nein. Wir wollten heute Abend drüber reden.« Das klingt ein bisschen besser als die allen bekannte Wahrheit: dass sie diese einsame Entscheidung vor sich herschiebt.

»Tja, dann gib mal Bescheid, wenn du mehr weißt.«

»Mach ich.«

»Und streng dich in Zukunft ein bisschen an und beantworte meine Nachrichten, okay?«

Sie lächelt und fühlt sich kritisiert. »Ja, mache ich, sorry. Oder wir gehen diese Woche einen Tee trinken?«

»Statt am Wochenende, wenn Rich da ist, meinst du?«

Letzter Versuch: »Na ja, das eine hat mit dem anderen nichts zu tun, ich dachte einfach bloß, vielleicht willst du ja quatschen.«

»Also« – Bridget dreht sich um und starrt die Straße hinunter, als könnte der gestrige Abend in irgendeiner dunklen Ecke lauern – »nein, schon gut, du hast ja deinen Tagesplan, außerdem ist das Ganze ehrlich gesagt zu wirr, um darüber zu reden, eigentlich ist es eher banal. Wie dem auch sei. Mir ist unglaublich kalt, ich muss los.«

»Dann gehst du doch nicht zum Evensong?«

»Doch, schon«, sagt Bridget. »Ich kann es gebrauchen. Du weißt ja, ein bisschen Zeit mit Gott und so. Ich will nicht zu spät kommen. Bis zum nächsten Mal!«

Sie bleibt stehen und blickt Bridget nach, die mit schnellen Schritten davoneilt. Was für strahlend blaue Augen Bridget hat, und eine wunderschön schimmernde Haut, trotzdem gibt sie ständig irgendwelche Obszönitäten von sich. Seufzend geht sie weiter. Hat Bridget vielleicht Liebeskummer? Oder hat ihr jemand im Suff die Leviten gelesen? Es wäre kein Wunder, manchmal ist sie so schonungslos ehrlich wie ein Orakel. Sie hat Visionen. Sie ist auf einem Bauernhof aufgewachsen und hat ein Mädcheninternat in Gloucestershire besucht, wo es anscheinend nichts zu tun gab außer zu lesen, Gedichte zu schreiben und auf langen Querfeldeinläufen durch den Schlamm zu stapfen. Und in die Kirche zu gehen. Bridget ist eine perfekte Kommunikantin der Church of England – unkommunikativ, was ihren wahren Glauben und ihre Werte betrifft, aber dem Kirchenkalender treu ergeben. Dieses Jahr werde sie die Fastenzeit einhalten, sagte sie gestern ohne jede weitere Erklärung. Außerdem ist sie Jungfrau und weigert sich zu erzählen, was sie schon getan hat und was nicht. Möglicherweise hat sie noch nie jemanden geküsst, vielleicht flucht sie deswegen so viel.

Sie biegt in die Hollywell Street ein. Bridget hat Anerkennung verdient, denn trotz allem (gerade deswegen) ist sie sehr zuverlässig und sehr interessant. Wenigstens ist ihr Ärger immer schnell verraucht; sie sagt, sie ärgert sich, und hat es ein paar Minuten später vergessen. Letzten Sommer, während der Katastrophe mit Miles und Katie, hat Bridget sich überraschenderweise als echte Stütze erwiesen. An einem Samstagnachmittag waren sie lange am Kanal spazieren gegangen, später tranken sie einen Tee bei Blackwell's und durchstöberten zusammen die Lyrikabteilung. Nicht, dass Bridget etwas Konkretes zur Situation gesagt hätte – genau genommen beschränkte ihr Kommentar sich auf ein einziges Wort, *Penner* –, es lag eher an ihrer Art, ganz ungerührt bei den eigenen Themen zu bleiben. Am Ufer machte sie Annabel auf den Bittersüßen Nachtschatten aufmerksam, und als sie einen Zaunkönig entdeckte, wollte sie so lange warten, bis er in sein Nest verschwunden war. Sie redete endlos über einen Liedzyklus von Benjamin Britten, erklärte die Lacrosse-Regeln und war in beiden Fällen überzeugt, dass Annabel sich dafür interessierte. Ein bisschen Mitgefühl hätte ihr nicht geschadet, aber sie schaffte es, ihre Aufmerksamkeit auf das umzulenken, was Bridget ihr zeigte. Es hatte mit der Stärke von Bridgets Vision zu tun, mit ihren Vorsätzen, als richtete sie ihren Blick fest auf sonnenbeschienene Wolken in der Ferne, um das Gewitter über ihrem Kopf zu ignorieren. Als umfasste ihre eine Hand, egal wie hektisch die andere wühlt und nestelt, die ganze Zeit einen kühlen, grauen Stein.

Irgendwo läutet eine Glocke; nicht im Gleichtakt mit ihren Schritten. Ja, es ist sehr viel angenehmer, hier draußen spazieren zu gehen, als in einer kalten Kapelle zu sitzen. Kraftvoll tragen ihre Beine sie durch die Straßen, und ihre Gedanken driften in das geliebte Reich ab. Sie geht, und ihre Fantasien verlassen das Versteck hinter den Bäumen, kommen heraus wie Wölfe und trotten neben ihr her.

Also dann. Die Geschichte geht weiter. Der GELEHRTE und der VERFÜHRER machen den Schulabschluss und gehen getrennter Wege. Und dann, fünfzehn oder zwanzig Jahre später, werden sie einander bei einem Abendessen vorgestellt. Ihre Blicke begegnen sich, und der GELEHRTE stößt einen leisen Laut des Wiedererkennens aus, Ah!

Ja, sagt der VERFÜHRER langsam, ich erinnere mich an dich, du warst in einer der Jahrgangsstufen unter mir.

Der GELEHRTE nickt. Sie beginnen eine Unterhaltung, die den ganzen Abend dauert. Auf dem Nachhauseweg sind beide euphorisch, ein jeder auf seine Weise; sie sind angefixt von einer neuen Fixierung. Der VERFÜHRER tut, was er am besten kann, und verschickt Einladungen. Abende mit leisen Gesprächen und starkem Wein. Mit jedem Besuch auf dem Landsitz des VERFÜHRERS oder in dessen Londoner Wohnung steigen die Erwartungen des GELEHRTEN. Sicher werden die Dinge sich … was könnte es anderes bedeuten? … natürlich, es wird passieren. Jeden Tag rechnet er mit dem langersehnten Vollzug.

Eines Abends zieht er, statt das einem Kollegen versprochene Paper zu schreiben, seine beste Kleidung an und steigt in den Zug nach London. Vielleicht ist der Tag endlich gekommen? Doch als er bei der Wohnung des VERFÜHRERS ankommt, stellt er zu seinem Unglück fest, dass dort eine große Party im Gange ist. Wie schön, dich endlich kennenzulernen, sagt die Ehefrau des VERFÜHRERS in aufrichtiger Freude. Sie stellt ihm ein paar sehr wichtige Leute vor, während der VERFÜHRER ihm vom anderen Ende des Zimmers aus beiläufig zunickt. Der GELEHRTE wagt es nicht, sich ihm zu nähern, denn er hat das Vertrauen in die eigene Beherrschung verloren. Er steht herum und spricht so wenig wie möglich. Nach einigen Stunden verabschiedet er sich und steigt wieder in den Zug, krank vor Enttäuschung und wütend auf sich selbst. Ganz früh am nächsten Morgen schreibt er das überfällige Paper und schwört sich: Nie wieder.

Das ist nun ein paar Jahre her. In einer menschenleeren Straße hält sie inne, wie der GELEHRTE innehalten würde, legt die Hand an eine Straßenlaterne und erinnert sich vorsichtig an den Schmerz an jenem Abend. Inzwischen führt er ein geregelteres Leben und geht mit seiner Zeit weniger verschwenderisch um. Er darf nicht vergessen, dass sein Glück von der freudigen Produktivität eines größtenteils allein verbrachten Lebens abhängt. Bevor nicht der VERFÜHRER verdammt noch mal – nein, sie muss sich korrigieren, so drastisch würde der GELEHRTE sich niemals ausdrücken. Eher so: Bevor nicht etwas geschieht, das man nur *lebensverändernd* nennen kann, er würde vielleicht auch von einem *Paradigmenwechsel* sprechen – sie muss lächeln – nun, bis dahin wird er seine Paradigmen, sein Leben, auf keinen Fall ändern.

Auf der St Cross Road wechselt sie flink die Straßenseite, dann beschleunigt sie ihre Schritte. Sie wird von Autos überholt, außerdem drängen sich neue Bilder auf: sie und Rich, in der Dunkelheit aneinandergekuschelt. Sich unter der Daunendecke an seinem Körper vergraben. Der befriedigende Sex, das wunde Gefühl, das undeutliche Gemurmel, die leisen, heiseren Schreie, wenn er kommt. Mehr als alle körperlichen Merkmale: seine Weichheit und Wärme, seine haarige, aufdringliche Präsenz. Der atmende, schlafende Richard French. Wie er anfängt zu schnarchen. Wie er mit einem Ruck aufwacht und fragt, ob er geschnarcht hat. Allzeit bereit, immer schon hart oder kurz davor. Er *will* sie. Er ist zu alt für sie. Er ist perfekt für sie.

Einmal fasste er ihr auf dem Weg zur Spüle an den Hintern, und sie musste lächeln. Wie ich sehe, mache ich es dir endlich mal recht, sagte er, und dann fügte er hinzu: Gott, ich liebe es, wenn du lächelst, dann habe ich das Gefühl, ich hätte es mir verdient. Er küsste sie sanft. Im Sommer sollten wir richtig weit rausfahren und uns den ganzen Tag irgendwo an ein Flussufer legen, ja? Sie nickte, und beim nächsten Kuss stellten sie sich vor, sie würden sich woanders küssen, in einer anderen Zeit.

Er ist nicht der Erste, der auf ihr Lächeln fixiert ist. Seit ihrer Schulzeit geht das so. Einmal kam ein Mädchen zu Sophy und sagte: Du bist anscheinend der einzige Mensch, den deine Schwester je anlächelt, ihr Lächeln ist wirklich schön. Und einmal hatte Miss Francis übers Wochenende in einem Buch gelesen, zu lächeln – und zwar so, betonte sie, dass man die Zähne sieht, nicht spöttisch oder verkniffen wie die Mona Lisa – sei erst im achtzehnten Jahrhundert in Mode gekommen. Auf einmal habe es als Zeichen für Empfindsamkeit und Empathie gegolten, sagte sie, und dann ergänzte sie: Ich

glaube, Annabel hätte sich in den Epochen davor sehr wohl-
gefühlt. Allgemeines Gelächter.

Dann ist es also unmöglich. Lächle, und du bist für die
Welt ein offenes Buch. Lächle nicht, und allen fällt es auf. Sie
zieht den Mantel enger um sich und geht bibbernd weiter.

Am Park bleibt sie stehen und wirft einen Blick durch die Zaungitter. Ein dunkler Raum, in dem die Bäume kaum noch zu erkennen sind.

In nicht einmal vier Monaten stehen die Abschlussprüfungen an, dann wird sie ihre Routine aus vertrauten Abläufen und Stille um so dringender brauchen. Rich kann es anscheinend nicht ganz verstehen: Sie hat keine Zeit, sich in ihn zu verlieben. Er ist ihrer Meinung und findet ebenfalls, dass ihr Studium an erster Stelle stehen sollte – bis zu dem Moment, wenn er auf sie verzichten muss. Auf diesen letzten paar Metern verliert sie ihn, er schafft es nicht, ihre Vision nachzuvollziehen, in der sie komplett in ihrer Arbeit versinkt und unsichtbar wird wie ein Kristall in Wasser, stumm und allein.

Aber eigentlich geht es hier nicht bloß um die Prüfungsphase, sondern um ihr Sein. Sie möchte sich zusammenziehen, bis sie klein und hart ist, dicht und komplex wie ein Feuerstein. Sie wünscht sich eine Undurchsichtigkeit, von der andere einfach abprallen. Sie möchte wie ein hoher Baum mit tiefen Wurzeln sein, uralt und von niemandem infrage gestellt. Wie die Waldelben, die in Lothlórien wandeln: mit dem Alter intransparent geworden, aber nicht gealtert. Eine hohe Birke mit glatter, heller Rinde. Zu schauen, ohne durchschaut zu werden – ja. Sie möchte den ganzen Tag lang reglos und stumm in einem dunklen Wald stehen.

Möglicherweise ist auch sie bestenfalls eine Phänomenologin.

Sie ist weit gelaufen und hat selbst die entlegensten Colleges hinter sich gelassen. Mit ihren langen, mühelosen Schritten kann sie jedes beliebige Ziel erreichen, Oxford ist nicht groß, in weniger als zwei Stunden läuft sie an den Stadtrand und zurück. Ihr Schatten erstreckt sich vor ihr, verschwindet, taucht hinter ihr auf, streckt sich und zieht sich im Einflussbereich der nächsten Straßenlaterne wieder zusammen.

Wo war sie. Der GELEHRTE kehrt in sein College zurück. Sie betrachtet einen vorbeiziehenden Baum und überlegt. Was, wenn eine Verpflichtung zum Schweigen in die Hausordnung aufgenommen würde? Sie könnte überall gelten, außer in der Pförtnerloge und im Gemeinschaftsraum vielleicht, wo leise Gespräche gestattet sind. Die Mahlzeiten werden schweigend eingenommen, oder das Essen wird von einer Lesung begleitet. Jemand trägt seine (oder ihre? gibt es dort auch Frauen? vielleicht, aber nicht viele) Forschungsergebnisse vor, oder einen anspruchsvollen philosophischen oder theologischen Text, und zwar ohne Eile. Die Gelehrten sehen einander flüchtig an oder lächeln knapp, ihre Mienen sind nachdenklich, aber offen. Nicht, dass sie – nein, natürlich nicht, innerhalb der Collegemauern wären alle sexuellen Aktivitäten verboten. Aber wer es diskret genug anstellt, kann seine Neigungen ausleben. Auf diesem Gebiet ist der GELEHRTE ein Novize. Verglichen mit seinen Kommilitonen tut und weiß er nichts. Um in sozialer Hinsicht auf seine Kosten zu kommen, besucht er hin und wieder ein benachbartes College, wo es keine Verpflichtung zum Schweigen gibt und wo ihm ein gewisser Ruf vorauseilt: Er ist ein besonderes, aber einzigartig unzugängliches Individuum. Mit Genugtuung stellt sie fest, wie beliebt er dort ist. Vielleicht kommt es zu interessanten Gesprächen, und danach schreibt er in einzelnen Fällen noch einen Brief, in dem er die vom Gegenüber gewünschten Informationen zusammenfasst. Aber weiter lässt er es nie kommen; vielleicht weiß er nicht, wie er es anstellen könnte.

Etwa einmal im Monat – aber nicht öfter, die Lektion war zu schmerzhaft – nimmt er eine Einladung des VERFÜHRERS an. Der VERFÜHRER findet diese Dosierung zu niedrig. Manchmal verliert er die Geduld und schreibt dem GELEHRTEN einen spöttischen Brief: Dürfte ich dich stattdessen in Oxford besuchen? Die Antwort lässt mindestens eine Woche auf sich warten, so hat der GELEHRTE es für sich festgesetzt, und wenn er dann schreibt, bemüht er sich um einen unverbindlichen Tonfall: Im Moment ist es für mich schwierig, etwas vorauszuplanen. Ich betreibe gerade Forschungen, die sich unmöglich unterbrechen lassen.

Beim Gehen lächelt sie schwach. Ja, genauso vage würde er sich ausdrücken. Tatsächlich sitzt er jetzt in diesem Moment auf einer Bank im Kräutergarten und hält in ausführlichen Protokollen fest, wie die Pflanzen sich verändern und auf die wechselnden Jahreszeiten reagieren, vom Hochsommer über den tiefsten Winter bis zum nächsten Frühling, allein das kostet ihn jedes Mal mindestens einen oder zwei Tage. Er möchte diese ruhigen, grauen Winkel seines Denkens nicht verlassen.

Dies ist ihr Verhaltensmuster, ein Muster der unausgesprochenen Regeln und Verbote. Aber angenommen … angenommen, der GELEHRTE veranstaltet ein paarmal im Jahr besondere Abendessen, bei denen Unterhaltungen gestattet sind und zu denen die Fellows Gäste mitbringen dürfen. Genau. Und nun steht eines dieser Essen an. Der GELEHRTE sitzt eine Stunde reglos da und überlegt. Ja, es ist gefährlich, aber er weiß um die vernachlässigte Pflicht; wenn er sich nicht mehr einbringt, läuft er Gefahr, seinen einzigen Freund zu verlieren. Als die Stunde um ist, setzt er sich an den Schreibtisch und formuliert mit Bedacht die Einladung. Der VERFÜHRER antwortet schon am nächsten Tag und sagt freudig zu.

An der Ecke bleibt sie stehen und wirft einen Blick zurück durch die Straße, eine sich dahinziehende Gerade aus dunklen Bäumen und Häusern. Der fragliche Abend ist gekommen. Sie ist der GELEHRTE und wartet am Collegetor; mit vor dem dünnen Körper fest verschränkten Armen und gesenktem Blick geht er noch einmal alle Regeln durch, die er sich auferlegt hat. Plötzlich hallen Schritte durch die Straße, er hebt den Blick, ja, da kommt der VERFÜHRER. Ihr wird flau vor Freude, schnell schließt sie eine eiserne Faust der Kontrolle darum. Die beiden Männer stehen einander gegenüber. Begrüßen sich leise. Nun setzen sie sich in Bewegung (genau wie sie) und überqueren still lächelnd den Hof; der eine behält den anderen stets im Augenwinkel. Sie betreten die Eingangshalle, wo der VERFÜHRER den anderen Gelehrten vorgestellt wird. Er hat tadellose Manieren, das merken alle auf Anhieb, er ist höflich, aufmerksam und bescheiden. Selbst diejenigen, die seinen Ruf kennen und entschlossen sind, seinem Charme nicht zu erliegen … jemand macht einen Witz, der VERFÜHRER lacht laut und ungekünstelt … o Gott, sie können nicht anders, er ist unwiderstehlich.

Sie nehmen an der Tafel Platz, wo der VERFÜHRER intelligente Fragen stellt, elegant und zielgerichtet flirtet, ironische kleine Bezüge zum GELEHRTEN einstreut und ihre seltsame Freundschaft vor aller Augen feiert. Und der GELEHRTE … nun ja, eigentlich ist er nicht voyeuristisch veranlagt, aber nun lehnt er sich zufrieden zurück und beobachtet, wie die Dinge ihren Lauf nehmen. Die Fellows springen darauf an – der eine hat gerötete Wangen, die andere öffnet ganz leicht den Mund – und er beobachtet, wie sich in jedem Kopf entfaltet, wie *es* wohl wäre. Er selbst macht es sich in Gedanken bequem; der VERFÜHRER hat Anspruch auf ihn erhoben, und nun fühlt der GELEHRTE sich angenehm beansprucht, aalt sich in Wärme wie in einem kräftigen Fluss und schaut zu, wie die anderen dem VERFÜHRER Fragen stellen, die er selbst nie stellen würde und von deren Antworten er viel lernen kann. Das Ganze ist unterlegt von einer gewissen Vorfreude, wer weiß, was nach dem Essen passieren wird, wenn er den VERFÜHRER für sich allein hat, wenn sie beide sich zurückziehen, um sich ungestört zu unterhalten und alle anderen fasziniert und eifersüchtig zurückbleiben.

Sie hält abermals inne, ebenso gelöst wie der GELEHRTE und ein bisschen außer Atem, und blickt in die kahlen, von den Laternen angestrahlten Baumkronen hinauf. Sehr gut. Sie atmet ein, der kalte Wind streicht über ihre Nasenschleimhaut und gleitet in ihrer Luftröhre abwärts. Die Abendgesellschaft schaut zu, wie die beiden Männer hinausgehen, und der GELEHRTE ist sich bei jeder Bewegung des Privilegs bewusst, das er genießt, man könnte sogar sagen, seine Bewegungen sind ein bisschen demonstrativ. Vielleicht ist dies der Abend, an dem sie …

Aber nein – sie hat eine bessere Idee, auf einmal fällt ihr eine noch raffiniertere Wendung ein. Angenommen, das Abendessen ist vorbei. Alle erheben sich und gehen zurück in die Halle. In einer ruhigen, vor Erwartung vibrierenden Ecke lädt der GELEHRTE den VERFÜHRER auf ein Getränk in sein Zimmer ein. Und da, o je, antwortet der VERFÜHRER:

Das ist sehr nett, aber ich muss morgen früh raus, ich glaube, ich gehe lieber zurück zu meiner Unterkunft. Ein andermal.

Sie rundet die Lippen und atmet langsam aus. Ja. Es ist Folter; der GELEHRTE erbleicht; nun war er keine Sekunde mit seinem Freund allein. Der VERFÜHRER hat seine Gründe, er möchte etwas klarstellen, er wartet doch nicht wochenlang, nur um dann unbegrenzt verfügbar zu sein. Doch er hat die Wirkung seiner Worte unterschätzt. Mit zugeschnürter Kehle und dem Gefühl, auf spitze Klippen aufgelaufen zu sein, begleitet der GELEHRTE seinen Freund ans Collegetor. Ein Handschlag, und der VERFÜHRER tut so, als sähe er weder den Glanz in den Augen des GELEHRTEN noch seine geröteten Wangen, mit anderen Worten die Nässe und Hitze der Demütigung. Dass sie trivial ist, macht sie um so schmerzhafter. Eine letzte, endgültige Zurückweisung wäre leichter zu ertragen, denn sie könnte der GELEHRTE wenigstens als eine durch und durch katastrophale Überflutung der Seele annehmen. Aber das hier ist viel schlimmer, wie ein Schlag gegen den ungeschützten Ellenbogen.

Sie geht weiter, und auch der GELEHRTE geht, zurück in sein Zimmer nämlich. Sein Körper ist steif vor Schmerzen. Scharfer, farbloser Alkohol aus kleinen Gläsern bringt Linderung, wenn man die Prozedur oft genug wiederholt. Oder er wirft sich den Talar über, läuft hinaus in die Nacht und erkundet das eigene Elend wie ein Mönch einen Irrgarten. Da geht er, ihre langen, gemessenen Schritte sind die seinen. Er ist selbst im Gehen starr, sieht sich nicht um, richtet seinen Blick in die Dunkelheit. So läuft er stundenlang weiter.

Sie lässt ihn ziehen und wird zum VERFÜHRER, der ebenfalls läuft; er ist auf dem Rückweg zu seiner Herberge. Er geht schnell, jawohl, weil er ein Ziel hat, aber auch, weil er sich ein bisschen über sich selbst ärgert. Er hat sich ins eigene Fleisch geschnitten. Wie kleinlich von ihm, wie rücksichtslos. Noch auf dem Rückweg verfasst er in Gedanken eine Nachricht; er wird den GELEHRTEN zum gemeinsamen Frühstück in eine Speisewirtschaft einladen. Die Vorstellung, sich zum Frühstück zu treffen, fühlt sich gut an – die stille, kostbare Nähe –, aber wagt er es wirklich? Wahrscheinlich hat der GELEHRTE zu tun, morgens arbeitet er immer. Sie könnten einander tagelang Absagen hin und her schicken.

Aber dann geht alles ganz schnell. Der VERFÜHRER kehrt in die Herberge zurück, schreibt die Nachricht, gibt sie einem Botenjungen (das Ganze spielt sich in einer nicht näher definierten Ära vor der Erfindung des Telefons ab), der Junge rennt zum College und überreicht das Schreiben dem Pförtner, der Pförtner trägt es zum Zimmer des GELEHRTEN, der GELEHRTE reißt den Umschlag auf und bittet den Pförtner mit erhobenem Zeigefinger, kurz zu warten. Er tritt an den Schreibtisch, nimmt einen Bleistift und kritzelt ein einziges Wort unter die Einladung, *Ja*, und dann faltet er das Papier zusammen, schiebt es in den Umschlag, gibt es dem Pförtner zurück und schließt hinter ihm die Tür. Die plötzliche Wendung und die schnelle Entscheidung lassen sein Herz klopfen. Der Junge bringt den Umschlag zur Herberge, und der VERFÜHRER hat in weniger als einer halben Stunde seine Antwort. Nun können sie beide ruhig schlafen, beziehungsweise gar nicht.

Oder – sie entdeckt eine Lücke zwischen den geparkten Autos und wechselt die Straßenseite – es kommt alles ganz anders und der VERFÜHRER ändert auf dem Heimweg seine

Meinung. Der Abend war unbefriedigend, und wie der GE-
LEHRTE spürt auch er einen gewissen Bewegungsdrang. Vielleicht kann der Körper den vom Verstand begangenen Fehler
irgendwie ausgleichen.

Und so, genau das war die Absicht dahinter, kann sie die
beiden in einer menschenleeren Straße aufeinandertreffen
lassen. Der eine erkennt das Unglück im Gesicht des anderen: So sieht also die Wahrheit aus. Sie zögern, dann gehen
sie lächelnd aufeinander zu.

Sie bleibt an einer unverputzten Mauer stehen. Positioniert die beiden davor. Sie stehen einen Meter voneinander
entfernt, und einer – vermutlich der GELEHRTE – murmelt:
Dann trinken wir also doch noch etwas?

Sie haucht die Worte und genießt das Gefühl der Erleichterung, diese Flut aus Zuneigung, die die beiden überkommt.
Jedenfalls nehmen sie die gewohnte Haltung wieder ein und
gehen nebeneinander her. An der nächsten Ecke biegt sie
nach links auf die Hauptstraße ab und geht nach Hause.

Trotz der Autos, der blinkenden Fahrradlampen und eines Busses, der sie zischend überholt, macht sich zwischen den Geräuschen eine Stille bemerkbar, eine Sonntagabendstille. Ein lachendes, mit Einkaufstüten beladenes Paar kommt ihr entgegen. Der Blick der Frau streift sie flüchtig und desinteressiert.

Gelegentlich versucht sie, sich vorzustellen, wie der Gelehrte und der Verführer sich tatsächlich näherkommen. Nach dem langen Hin und Her haben sie einander redlich verdient. Nach dem Ausrutscher mit dem Kollegen, nach all dem Flirten, Necken und Erdulden sollten sie einander ganz gehören. Sie denkt an das Vergnügen, wenn sie die Schleuse öffnet, die ganze Spannung abfließt, zu einem herrlichen Ausdruck findet und das Unsagbare sich in der Ekstase auflöst.

In einer Szene ergreift der Verführer beispielsweise das Wort und gesteht dem Gelehrten endlich seine Gefühle. Der Gelehrte setzt sich im Bett auf, hört mit halb geschlossenen Augen zu und hält vorbildlich still. Der Verführer verstummt, sie sehen einander an, nun ist es endlich ausgesprochen. Komm her, sagt der Gelehrte. Der Verführer ärgert sich, ein Mann seines Ranges nimmt doch keine Anweisungen entgegen, niemals. Der Gelehrte wartet, sein Blick ist fest und kühl, der Verführer steht wütend auf und verlässt das Schlafzimmer, und das war's dann.

Oder: Der Gelehrte liegt schwerkrank im Bett. Hin und wieder wacht er kurz auf und murmelt etwas. Der Verführer beugt sich über ihn, beruhigt ihn, drückt dem wieder eindösenden Freund einen sanften Kuss auf die Lippen.

Oder: Der Verführer und der Gelehrte bekommen Besuch von einem Journalisten, der sie heimlich in einer Gasse fotografiert hat. Er konfrontiert sie mit den Bildern. Darauf schnapt der VERFÜHRER nach Luft, wirft den Kopf in den Nacken oder hält einen dunklen Schopf zwischen den Händen. Der GELEHRTE ist eigentlich nur auf den letzten beiden Fotos zu erkennen; er hat sich erhoben und sucht seine Hosenbeine nach Flecken ab, während der VERFÜHRER träge danebensteht und sich lächelnd die Augen reibt. Als er die Fotos sieht, ist der GELEHRTE sprachlos vor Entsetzen. Die Schande der Bloßstellung, die bevorstehende Exmatrikulation. Der VERFÜHRER nimmt die Sache gefasster auf; seine fröhlich-desinteressierte Miene bleibt von den Fotos unbeeindruckt, und er spricht eine Reihe sorgsam kalkulierter Drohungen aus. Der Journalist schleicht davon wie ein begossener Pudel, der GELEHRTE sackt vor Erleichterung in sich zusammen, der VERFÜHRER sieht sich noch einmal die Fotos an, verstaut sie lächelnd in der Schreibtischschublade und sagt leichthin: Wie nett von ihm, diesen Abend für die Ewigkeit festzuhalten.

Oder: Der GELEHRTE taucht frühmorgens vor der Tür des VERFÜHRERS auf. Sie stehen einander im Flur gegenüber und glühen vor Erwartung. Am Nachmittag erheben sie sich aus dem Bett und gönnen sich ein spätes Mittagessen, während die Herbstsonne schräg ins Zimmer fällt. Der VERFÜHRER greift zu einem kleinen Silbermesser und schält einen Apfel.

Auf der Turl Street wird sie von immer mehr Fahrrädern überholt. Einige sind vorschriftsmäßig beleuchtet, andere nur klappernde Silhouetten in der Dunkelheit. Sie ist immer noch ganz erfüllt von ihren Fantasien, bemerkt aber auch das verbindende Element in allen Szenen: Es ist noch nie dazu gekommen, dass der GELEHRTE und der VERFÜHRER sich in ihrem Beisein ausgiebig küssen oder gar ficken. Sie weigern sich, als ahnten sie, dass sie keine ehrbaren Absichten hegt; anscheinend besitzen die zwei mehr Anstand als sie. Als wüssten sie, dass das alles nichts mit ihr zu tun hat, denn schließlich sind sie Männer. Und was immer sie als Männer tun – sie sollte sich raushalten.

Oder liegt es vielleicht daran, dass beide *sie* sind? Beide sind ihrer Fantasie entsprungen, folglich hat das alles *nur* mit ihr zu tun. Diese neue Möglichkeit trifft sie unvorbereitet. Ja, vielleicht wäre es einfach zu viel; als würde sie sich in diesen Szenen selbst ficken. Jede Berührung, jeder Kuss und jeder Stoß gehen auf sie zurück, auf sie allein, im Grunde sind sie alle sogar verdoppelt, weil sie das alles nicht nur austeilt, sondern auch empfängt. Eigentlich sollte es doch aufregend sein, harmonisch, ein verdoppeltes, perfektioniertes Vergnügen … ist es aber nicht. Genüsslich schiebt der VERFÜHRER seinen Daumen in den Mund des GELEHRTEN, der GELEHRTE stöhnt und legt ekstatisch den Kopf zurück – ja, die Szene blitzt kurz auf, ist aber sofort wieder zu Ende. Irgendetwas verbietet ihr den endgültigen Vollzug.

Sie findet sich auf der High Street wieder. Ein Krankenwagen mit Warnbeleuchtung, aber ohne Sirene schießt vorbei. Sie wartet kurz, tritt auf die Straße, beobachtet, wie er einen Bus überholt und in Richtung des Krankenhauses davonfährt.

Wo war sie stehen geblieben. Ja, manchmal ist es, als verbündeten sich der GELEHRTE und der VERFÜHRER gegen sie oder als würde sie über weite Strecken ausgeschlossen. Sie ist weder mit ihren Gesichtern vertraut noch mit ihren Stimmen oder ihren spezifischen Triggern, um Gottes willen, sie kennt ja nicht mal ihre *Namen*. Sie hat überhaupt keine Ahnung. Sie hat lediglich Details vor Augen: Die Genitalien des GELEHRTEN baumeln auf eine fast komische Weise von seiner dürren Gestalt, die Pobacken des VERFÜHRERS sind fest und angenehm gerundet, das Empfinden des GELEHRTEN ist ausgesprochen anal ausgerichtet, sodass die heftigen Orgasmen bei ihm direkt aus dem Rektum aufsteigen. Möglicherweise wartet der VERFÜHRER darauf, endlich von jemandem unterworfen, auf eine zitternde Masse aus Erregung und Erlösung reduziert zu werden. Ja, sie hat lebhafte, unterentwickelte Bilder davon, Mikro-Theorien, denen sie aber nicht auf den Grund kommt. Es ist fast so, als wären die beiden echte Menschen. Oder als wären sie gar nicht echt.

Auf einmal stellt sich das Bild eines Fadenspiels ein. Straff ge-
spannte Schnüre – Pause – dann schieben sich Männerfinger
hinein und verziehen sie zu einem Muster aus Zweideutigkeit
und Erwartung. Sein Gegenüber betrachtet die neue Anordnung lächelnd, begreift, was da versucht wurde, und überlegt sich eine Reaktion. So wandert der verschlungene Faden
zwischen ihnen hin und her, anscheinend haben sie vergessen, dass ein Fadenspiel kein Ende hat, es gibt kein siegrei-
ches letztes Manöver, mit dem man gewinnen könnte, nur die
ewige Wiederholung der vier oder fünf möglichen Varianten. Den Faden erschlaffen und von den Fingern gleiten zu
lassen, wäre ebenso unangenehm wie die Alternative: einander entweder aufzugeben oder sich endlich um den Hals zu
fallen, für immer und ewig. So oder so wäre sie dann über-
flüssig, und mit der schillernden, keuschen Fixierung – die
in Wahrheit *ihre* schillernde, keusche Fixierung ist – wäre es
endgültig vorbei.

Als sie sich dem College-Eingang nähert, kommt ihr ein
weiterer Gedanke. Ist das Fadenspiel nicht ein perfektes Bild
für die Sonette? Ein einziger Faden, der wieder und wieder
neu aufgespannt wird und sich in pausenloser Selbstreferent-
ialität selbst kreuzt und formt. Der Dichter mit seinen vier
Händen, und sie, ebenfalls eine Träumerin, mit ihren.

Sie betritt das Collegegelände und sieht sich bestätigt. Ja, die Fenster der Kapelle sind erleuchtet und die Türen geschlossen, der Evensong hat begonnen. Sie sollte direkt in den Speisesaal gehen, aber dann tut sie etwas Unvorhergesehenes: dreht sich in die entgegengesetzte Richtung um, läuft an der Kapelle vorbei über den Hof und durch einen schmalen Gang. Bleibt am Ende des Durchgangs stehen und betrachtet nachdenklich den Garten.

Der dunkle Rasen streckt sich den Blumenbeeten entgegen. Zwei hohe, kahle Bäume verkünden ihr Wissen über die Nacht. Der Bogengang ist ihr Lieblingsort im gesamten College, von hier aus kann sie den Garten sehen, betrachten, betreten. Es ist ihr Ort. Zum ersten Mal war sie hier mit sechzehn, fast vier Jahre ist das her, sie war eine von mehreren aufgeregten, von Collegeprospekten überforderten Oberstufenschülerinnen. Es gab einen plötzlichen Regenschauer, alle stellten sich unter. Aus irgendeinem Grund sonderte sie sich von der Gruppe ab, entdeckte den Durchgang und blieb unter den Torbögen stehen, lehnte eine Schulter an die Steinmauer und dachte, während der trübe Sommerregen auf die trübe Sommervegetation fiel, über diese Sache namens Oxford nach.

Auf der Bahnfahrt nach Hause (fällt ihr plötzlich ein) arbeitete sie in Gedanken eine Szene aus: Der VERFÜHRER entdeckt sie, wie sie allein dasteht und den Regen betrachtet. Er flüstert ihr leise ins Ohr, legt ihr eine Hand auf die Schulter, dreht sie um und küsst sie langsam, drückt sie sanft an die Steinmauer (an *diese* Mauer). Sie wand sich auf dem kratzigen Sitz, eingelullt vom Schaukeln des Waggons, auf schläfrige Weise von der Fantasie erregt. Ach, damals war alles viel einfacher. Der VERFÜHRER interessierte sich mehr für Frauen. Sie interessierte sich mehr und weniger für Männer.

Sie sollte sich etwas zu essen holen, die Kantine schließt bald. Aber sie bleibt dort stehen, erfüllt vom dichten Blattwerk ihrer Gedanken.

Eigentlich ist der VERFÜHRER ein gutmütiger Mensch. Von seinem Begehren führt ein direkter Weg zur Befriedigung, nach einem Spaziergang durch die Kälte trinkt er gern einen warmen Tee, und immer braucht er irgendwann den GELEHRTEN. In den verschiedenen Winkeln und Abteilungen ihres Verstandes existieren auch noch andere Gestalten, Figuren aus Kinderbüchern und Disneyfilmen – der Demon Headmaster nimmt sich die Brille ab, um die blasse, clevere Dinah zu hypnotisieren, der Zeichentrick-Frollo ist besessen von der schönen Esmeralda und will sie auf dem Scheiterhaufen verbrennen. In heikleren Momenten auch der eiskalte, launische, mörderische Bill Sikes. Sie ist gezeichnet davon; dies sind die Katakomben ihres düsteren, verwirrenden Verlangens.

In einem dieser Räume wohnt ein echter Mensch. Sie beherbergt ihn zum Beweis dafür, dass die Wirklichkeit wenigstens hin und wieder ihren finsteren Ansprüchen genügt. Der Mann heißt James Sligo und ist ein Professor, den sie im vergangenen Jahr traf, nur einmal, aber das hat gereicht. Er saß bei ihnen am Tisch, aß ihren Braten und trank ihren Wein, und irgendwie hatte er was, eine glatte, fließende Energie, die er aber anscheinend für sich behielt. Mit langsamen Gesten nahm er von der Meerrettichsauce, er richtete seinen Blick immer auf die Person, die gerade sprach, und seine Aufmerksamkeit schien den Raum zu erfüllen wie warmer Dampf. Ihr wurde kribbelig, sie wurde aufgeregt, rappelig vor – sie verstand nicht, was vor sich ging. Sie warf ihm verschämte Blicke zu, ohne es zu wollen, und er fing jeden einzelnen davon auf und schickte ihr über die Tafel hinweg seine Energie herüber, die in sie eindrang wie Wissen. Als ihre Mutter sich kurz umdrehte, um mit jemandem zu reden, wandte er sich ihr vollständig zu und nahm sie in Augenschein, und da wurde ihr flau im Magen, fast übel. Es passierte tatsächlich, er hatte sie durchschaut. Sie sagte immer weniger, fing vor Aufregung zu zittern an, fürchtete, sie könnte sich durch einen blasierten oder unangebrachten Kommentar disqualifizieren. Obwohl er vielleicht gerade darauf stand, vielleicht passte ihre jugendliche Unbeholfenheit gut zu – was immer er sich vorstellte. Sie war sich über seine Motive nicht ganz im Klaren. Es war ja nicht so, als wollte er sie in eine bestimmte Haltung manövrieren und dann ficken, bis sie wund war. Der Gedanke war da, er war wie ein *Rückhalt*, aber darum ging es hier eigentlich nicht. Sie saß da, dachte fieberhaft nach und erschauderte, wann immer sein Blick sie streifte. Es war eher – vielleicht würde sich eine Sekunde ergeben, in der sie beide dasselbe dachten, vielleicht würden sich beide seine Hände an ihrer Taille vorstellen, und wie er sie fickte – ein Moment, in dem er sie ansah und Gewissheit hatte, und sie würde seinen Blick erwidern und sich plötzlich durchsichtig fühlen …

Sie atmet tief und langsam die kalte Luft ein. In der Kapelle ertönt die Orgel, alle stimmen das Magnificat an, den Lobgesang Marias. Denn er hat seiner unbedeutenden Magd Beachtung geschenkt. Abseits der Kapelle, in ihrem Körper, fangen Brust, Bauch, Möse vor Sehnsucht an zu schmerzen.

Jedenfalls passierte damals nichts. Sie wurde in die Küche geschickt, um Kaffee zu kochen, und als sie zurückkam, saßen die anderen im Wohnzimmer und er ließ den Blick wandern wie ein Hai, der das Interesse verloren hat. Es gab einen kurzen Moment, als sie ihm den Kaffee servierte und Milch hineingoss und dabei murmelte: Wann? Er hob den Kopf und begegnete ihrem Blick, in ihrem Innern dasselbe Ziehen. Das Milchkännchen in ihrer Hand zitterte ganz leicht. Aber dann musste sie sich wieder hinsetzen, und seine Aufmerksamkeit kehrte zu ihrer Mutter und ihren Schwestern zurück. Sie zog die Knie an, um ihm ihre straffen Jeansbeine zu zeigen, aber nein. Nach einer halben Stunde stand er auf, küsste ihre Mutter auf die Wange und schüttelte den drei Mädchen die Hand. Die Tür schloss sich hinter ihm, dann das Knirschen von Autoreifen auf dem Kies. Das Haus erwachte abermals zum Leben; ein Haus voller Frauen.

Annie, Schätzchen, mochtest du ihn nicht? Du hast kaum ein Wort gesagt.

Sie lag die halbe Nacht wach, mit aufgerissenen Augen, hell entflammt, eingerollt im Pyjama, und tauchte den Abend wieder und wieder ins Analysebecken. Wer war dieser Mann. Woher wusste er, wie er es angehen musste? Sie sah sich sein Profil auf der Universitätsseite an, als könnte sie dort einen Hinweis finden, vergeblich. Sie streckte sich widerwillig aus und starrte ins Dunkel. Tagelang war sie vom Warten wie gelähmt. Er konnte unmöglich zufrieden sein, natürlich würde er sich melden und etwas vereinbaren. In absoluter Gewissheit öffnete sie ihren Oxford-Mailaccount. Er konnte sich die Adresse leicht zusammenreimen, schließlich kannte er ihren Namen, ihren Vornamen und ihr College. Später wurde ihr klar, er hätte wissen müssen, dass sie mit Nachnamen Percy hieß, nicht Campbell. Widerwillig gestand sie sich ein, dass er es gar nicht wissen *konnte*. Jedenfalls schrieb er ihr nie. Als sie wieder in Oxford war, leerte sie ihr Postfach in der Hoffnung, er könnte – aber nein, Fehlanzeige. Nach und nach lockerte ihr Verstand seinen Griff. Nichts würde passieren, es war vorbei. Die Episode taugte höchstens noch als Andenken. Am Ende entfernte sie einzelne Details und ließ den Rest in den VERFÜHRER einfließen. Sein Strahlen, dieses *Funkeln*. Sie versuchte zu begreifen, wofür es stand. Dieses leichte Verbreitern der Schultern, als er ihren Blick erwidert hatte. Das angedeutete Zusammenkneifen der Augen, der Zug um den Mund, die unterdrückte Freude. Seine absolute Meisterschaft in diesem absolut speziellen Spiel.

Und dann – in Gedanken zählt sie sie an den Fingern ab, der VERFÜHRER, James Sligo – und dann im Hintergrund, immer im Hintergrund: der Mann aus dem Wald. Der grüne Mann. Er ist der Schlimmste und zugleich der Beste. Er hat überhaupt kein Interesse an Sex in jeglicher Form, er will weder verführen noch Zuneigung schenken, er verfügt einfach nur über ein konzentriertes fleischliches Wissen. Versteckt und verschlagen wohnt er auf einem Stück Land, das ihm nicht gehört. Und er ist ein Fremder. Das Seltsame ist, dass man nicht weiß, wie er aussieht, selbst wenn man ihm mitten ins Gesicht sieht. Er ist irgendwie unscheinbar, würde man vielleicht sagen, und dann würde einem die Zunge schwer und man wäre unfähig, ihn weiter zu beschreiben. In der Tat interessiert er sich vor allem für den Mund. Er stellt eigene, erlesene Hilfsmittel her. Ein weißer Türknauf – ein Fundstück – an einem alten Lederriemen mit Schnalle. Der Riemen kommt um ihren Kopf, das kalte Porzellan in den Mund. Es gibt auch einen kleinen Käfig für ihre Zunge. Er liebt es, ihr seine Zunge in den Mund zu schieben und zu fühlen, wie ihre sich hinter den dünnen Käfigstäben windet. Es gibt einen Knebel, der sich vor dem Einführen mit Kräutern befüllen lässt. Ihr ausgestopfter Mund, die duftende Sprachlosigkeit. Er überwacht sie: Ich möchte sehen, wie du an meinen Kräutern knabberst. Der Satz hob sie über die Schwelle und riss sie in eine so bodenlose Tiefe, dass sie sich erst nach einer Viertelstunde wieder bewegen konnte. Die Szene hatte sich ihr komplett und fertig ausgestaltet präsentiert. Bravo, Verstand.

Sie hält ganz still und unterdrückt ein Zittern. Der grüne Mann dreht sich lächelnd um und zeigt ihr: eine matschige, versteckte Lichtung. Im Halbdunkel. Mit einem schwarzen Teich. Die Wasseroberfläche ist von Schleim bedeckt und reglos, die Tiefe unbekannt. Sie schluckt und tritt vor. Der grüne Mann legt ihr sanft eine Hand in den Nacken und schiebt sie weiter.

Der Teich wartet seit Jahren auf sie. Anscheinend ist er der Ursprung von – allem. Der GELEHRTE und der VERFÜH-RER mit ihrem hitzigen Glamour sind nichts weiter als ein Windhauch, der über die schwarze Wasseroberfläche streicht und dann in die Welt hinausgeblasen wird. Ja, wenn sie sich umdreht, kann sie sehen, wie die beiden jenseits des Waldes im hellen Sonnenlicht spazieren gehen. Das wahre, schwere Zeug kommt von hier, aus dem schwarzen Wasser. Es erzeugt kleine Wellen der Erregung, riesige Eichenholzarchen des Verlangens, wirr bestickte Meterware. Der Teich hat auf sie gewartet. Sie soll nicht versehentlich hineinfallen, sondern freiwillig einen Fuß vor den anderen setzen, bis sie *endlich* (in dem Wort steckt alles) in bebender Ekstase untergeht. Ob sie je wieder auftaucht, ist ungewiss.

Inzwischen hat sich ihr Verlangen zu einem langen, starken Tau verdreht. Es durchzieht Möse, Bauch, Brustkorb, Kehle und ihren überspannten Verstand. Sie *will*.

Oder vielleicht ist es auch nur die Kälte, die zu weit in ihren Körper vorgedrungen ist. Die Gefahren der Nacht – ja, in der Tat. Sie dreht sich um und läuft zum Speisesaal.

Aus der hellen, lärmenden Wärme der Essensausgabe lächelt ihr Jans Gesicht mit den freundlichen Augen und den geröteten Wangen entgegen. »Hallo, Liebes«, sagt sie, »was möchtest du?«

»Mehr Erbsen«, ruft ein Mann aus der Küche und wuchtet einen Bottich Erbsen auf den Tresen hinter Jan.

Alles hier sondert Hitze ab. Sie nimmt ein Tablett und bestellt Lamm mit Kartoffeln, Sauce, Erbsen und grünen Bohnen. Die schlichten Sonntagsfarben Grün, Braun und Gelb werden auf den weißen Collegeteller gelöffelt, bis das kleine blaue Wappen darunter verschwindet.

»Nachtisch?«

Sie beäugt die Schälchen, Apfelcrumble mit Vanillesauce, meine Güte, das sieht köstlich aus. »Nein, danke.«

»Nach einem neuen Rezept, Helen hat eine Weiterbildung gemacht, sicher, dass du keinen willst?« Jan schiebt ihr ein Schälchen hin und sieht sie fragend an. Jans Lächeln nicht zu erwidern, ist fast unmöglich.

»Oh, okay, danke«, sagt sie und greift zu. Immerhin ist sie heute eine Stunde länger gelaufen als sonst. »Wie geht es?«

»Ach, ganz gut, wie immer«, sagt Jan und geht zur Kasse weiter. »Ich freue mich drauf, nach Hause zu kommen und am Kamin mein Buch weiterzulesen. Das macht dann vier Pfund zwanzig. Was ist mit dir, alles okay?«

Sie nickt. »Ich kann nicht klagen.« Auf einmal weiß sie nicht mehr, was sie sonst noch sagen könnte. Zieht ihren College-Ausweis aus der Manteltasche, legt ihn auf den Scanner, lächelt wie immer scheu, fertig. Mit glühendem Gesicht holt sie sich Besteck, Servietten und ein Wasserglas, dann trägt sie das Tablett in den Saal. Mein Gott, sie hätte Jan wirklich nach dem Buch fragen können, oder nach dem Crumble. Zu plaudern ist ihr peinlich; Jan ist immer so nett.

Auf der Schwelle zum Speisesaal hebt sie den Kopf, bemüht sich um irgendeinen Gesichtsausdruck und geht hinein. Die langen Reihen der Tischleuchten, das Durcheinander aus Farben, Kleidungsstücken und Stimmen. Einige Leute drehen den Kopf – die gesellschaftlichen Wächter des College –, doch zum Glück entdeckt sie hinten in der Ecke Ciara, und zwei Hinterköpfe, die wohl Miles und Katie gehören. Weitere Blicke treffen sie und lassen von ihr ab, während sie den Saal durchquert.

Ciara entdeckt sie als Erste, »Hey, Annabel«, und Miles und Katie drehen sich gleichzeitig um und rutschen beiseite, damit sie an ihnen vorbei in die Nische klettern und ihr Tablett neben Ciaras stellen kann. Sie schält sich aus dem Mantel, faltet ihn ordentlich zusammen und nimmt Platz.

Als alles geschafft ist und sie in ihrem dunkelgrünen Pullover zwischen anderen Menschen sitzt, gestattet sie sich einen einzigen Blick auf Miles. Doch er sieht sie bereits an. »Wie geht's?«

»Ja, ganz okay«, sagt sie. Sein Anblick ist ungewöhnlich, eigentlich rechnet sie im Speisesaal nicht mehr mit ihm, und mit Katie auch nicht. Während sie den schweren Wasserkrug schräg über ihr Glas hält, überfliegt sie in Gedanken ihren Tag, heiß und kalt, gehen und sitzen, denken und lesen, telefonieren. Nichts erscheint auf Anhieb berichtenswert. Sie stellt den Krug wieder hin und sagt: »Ich habe versucht, das Essay über die Sonette zu schreiben.«

»Oh, ich auch«, sagt Ciara grinsend. »Eigentlich läuft es erstaunlich gut, nach dem Essen werde ich mich wieder in die Bibliothek setzen und das Ding tatsächlich *fertig schreiben*. Beeindruckend, was?«

»Worüber schreibst du?«, fragt Miles seelenruhig und wie aus höflichem Interesse; als rückte die Deadline für ihn nicht genauso schnell heran, als hätte er nicht selbst etwas zu verlieren.

»Gender«, antwortet Ciara. »Ich untersuche, wie die Sprache sich verändert, je nachdem, ob es um den Jungen Mann geht oder die Dunkle Dame. Ob es irgendwelche Ausnahmen gibt. Ob er den Jungen Mann manchmal anspricht, als wäre er eine Frau, und umgekehrt. Und ihr?« Ciara sieht erst sie an, dann Miles. Auch Katie dreht den Kopf, und auf einmal sind alle Augen auf ihn gerichtet.

»Nun ja«, sagt er, legt einen Finger auf seine Gabel und schiebt sie neben das Messer, »irgendwas über Selbstbezüglichkeit wahrscheinlich, oder über Performativität, also, warum unterbricht der Sprecher sein Schweigen bei jedem Sonett aufs Neue. Wo doch die Alternative wäre, einfach zu schweigen. Woher dieser Drang zu sprechen.«

Er sieht sie an, und ganz kurz wird allen klar, dass er eine *Idee* in den Raum gestellt hat. Sie schlägt die Augen nieder und schiebt sich ein Stück Lamm in den Mund.

Katie sagt: »Letztes Jahr habe ich mir für das Renaissance-Seminar Sonette angesehen, ich konnte gar nicht glauben, wie viele es sind, irgendwo habe ich gelesen, dass zu der Zeit *an die dreihunderttausend* Sonette veröffentlicht wurden.«

Das Lamm ist, nun ja, sie wird eine Weile damit beschäftigt sein.

»Nur in England«, fragt Miles, »oder in ganz Europa?« Wieder klingt er, als wäre er bloß ein Kollege, der höflich mit einer Kollegin plaudert. Anscheinend hat er es gemerkt, denn nun ergreift er (wahrscheinlich) Katies Hand unter dem Tisch und rückt näher an sie heran.

»Hm, gute Frage«, sagt Katie. »Ich weiß es nicht mehr.« Sie lächelt ihn an, die Sonette sind ihr egal.

Sie schiebt sich ein Kartoffelstück und ein paar grüne Bohnen in den Mund. Das Lamm läuft im Hintergrund weiter.

Ganz kurz versucht sie, Katie unvoreingenommen zu sehen. Ja, Katie ist sehr clever, aber eher wie eine Schülerin, irgendwie übereifrig. Sie ist eine *Studentin*, keine Gelehrte, die sich hinsetzt und sich in einen Text versenkt. Sie wird ihren Abschluss in englischer Literatur machen, als hake sie ihn von einer Liste ab, und dann irgendeinen Beruf ergreifen.

Die ersten Chorsänger kommen vom Evensong zurück, manche sind immer noch im Talar. Endlich bekommt ihre Kehle den Klumpen aus Gemüse, Kartoffel und Lamm zu fassen; sie schluckt.

»Annabel, worüber schreibst du?«, fragt Miles.

»Äh.« Sie lächelt auf ihren Teller nieder und bereitet sich auf die Peinlichkeit vor. »Gute Frage, ehrlich gesagt habe ich noch …«

»Hey Leute!« Alle heben den Kopf, die hochgewachsene Emma Weeting knallt ihr Tablett auf die Tischkante. Wieder ein Beiseiterücken, Tabletts werden verschoben, und dann lässt Emma sich neben Katie auf die Bank plumpsen. »Mein Gott, ich habe die Zeit total aus den Augen verloren und dachte schon, ich verpasse das Abendessen. Also dann, liebe Englisch-Gang, das ist ja nett, was gibt es Neues?«

»Annabel spannt uns auf die Folter. Sie wollte gerade erzählen, worüber sie ihr Essay schreibt«, sagt Miles trocken. Da ist nicht mal die Andeutung eines Lächelns.

»O Gott«, sagt Emma, »diese Shakespeare-Hausaufgabe, ist es denn nie vorbei? Wie dem auch sei« – sie dämpft die Stimme und wird plötzlich ernst – »habt ihr das von Grace gehört?«

»Welche Grace? Cornish?«, fragt Ciara.

»Ja. Vor einer Stunde mussten sie den Rettungswagen rufen.«
Sie blickt in die Runde.

»Scheiße, warum?«, fragt Ciara.

»Ihr Zimmer ist gegenüber von meinem, gleich neben Annabels, aber egal, ich habe gehört, wie Chris – der Pförtner – geklopft und gerufen hat: Grace, bist du da drin, wir machen uns Sorgen um dich, und da bin ich zur Tür und habe in den Flur geguckt, da haben sie schon gerufen: Grace, wir kommen jetzt rein, okay?, und im nächsten Moment standen Chris und Geoff in ihrem Zimmer, ich glaube, sie war bewusstlos, denn sie haben immer wieder ihren Namen gerufen, als wollten sie sie wecken, und dann sagte Chris: Ich rufe einen Krankenwagen, und du benachrichtigst ihre Eltern, und Geoff ist aus ihrem Zimmer rausgekommen und hat mich gefragt, mit wem sie befreundet ist und wer sie ins Krankenhaus begleiten könnte, und ich so: Keine Ahnung, mit wem sie befreundet ist, sie ist nicht gerade gesellig. Ich habe sogar an deine Tür geklopft, Annabel, aber du warst nicht da, stimmt's?« – sie schüttelt den Kopf – »jedenfalls hat er mir erzählt, dass ihre Eltern sie seit Tagen nicht erreichen konnten, und da haben sie im College angerufen und darum gebeten, dass jemand nach ihr sieht, Weihnachten war wohl nicht so toll, anscheinend ging es ihr nicht gut und so weiter. Ja, und irgendwann kamen dann die Sanitäter und haben sie auf einer Trage runtergebracht, ich glaube, Chris ist mitgefahren, und jetzt ist sie im Krankenhaus. Was für ein Horror«, sagt sie und schiebt sich eine Kartoffel in den Mund.

»Du lieber Himmel«, sagt Ciara.

»Aber echt«, sagt Emma durch die Kartoffel.

Das ist fraglos ein Riesending. Und, ja, ziemlich ernst. Sie beobachtet Emma und versucht zu ermessen, wie viel Genuss es ihr bereitet hat, die Geschichte zu erzählen. Aber nein,

Emmas Gesicht ist absolut ernst und arglos. Sie spießt ihrerseits eine Kartoffel auf, hat aber nicht die Absicht, sie zu essen. Versucht, sich zu erinnern, an welchem Tag sie Grace zuletzt gesehen hat, wann aus dem Nachbarzimmer zuletzt etwas zu hören war. Dann war also während des gesamten Vormittags, als sie am Schreibtisch saß …

»O mein Gott«, sagt jemand ein paar Plätze tischabwärts, »sag bloß nicht, dass es bald schneit, ich hasse Schnee.« Ungläubiges Schnauben, Gelächter.

Sie sieht Miles an. Er bemerkt ihren Blick und schaut schnell woanders hin. Einmal hat er ihr erzählt, dass er – wie hatte er es formuliert? Sie kann sich nicht erinnern, es ging um Magenprobleme im Jugendalter und eine daraus resultierende Ängstlichkeit. Jedenfalls erklärte es sein niedriges Körpergewicht als nicht nur genetisch bedingt.

»Und, was war es?«, fragt Katie. »Ein Zusammenbruch?«

Miles sieht sie an. »Sie ist magersüchtig.«

Katie schlägt die Hand vor den Mund, er lächelt sie nachsichtig an. Er hat jetzt die Mimik eines festen Freundes. »Ja«, sagt er. »Aber ich glaube, sie hat das schon länger, schon seit der Schule, oder?« Die Frage richtet sich an sie, Annabel.

»Ja, letztes Jahr hattest du viel mit ihr zu tun, oder?«, fragt Ciara, ebenfalls in ihre Richtung.

»Na ja«, sagt sie. Wie kann sie ehrlich sein und gleichzeitig taktvoll. »Letztes Jahr nicht mehr, aber ganz zu Anfang schon. Aber ja, sie war damals schon krank. Vielleicht nicht so krank wie jetzt.«

Sie zuckt die Achseln, die anderen nicken. Grace war lustig und hatte immer gute Ideen für Ausflüge, aber … sie redete einfach zu viel. Sie waren dreimal gemeinsam joggen, aber Grace redete bei jedem Schritt, und hinterher wollte Annabel den Kopf nur noch in einen Eimer mit Eiswasser stecken. Im

Ashmolean Museum war es kaum anders; während sie durch die Ausstellung mit deutschen Zeichnungen liefen, monologisierte Grace zwanghaft vor sich hin, jede Gedankenregung ergoss sich in hastigen Sätzen, von Wow das ist fantastisch über Was meinst du, woran haben sie gemerkt, dass eine Zeichnung fertig ist bis hin zu Oh, dieses venezianische Blau ist ja so schön, ich muss das sofort nachschlagen, wenn wir wieder im College sind und Nadürer-lich gehen wir danach noch einen Kaffee trinken, ha, ha, verstehst du? Sie fand Grace nervig und auch ein bisschen gruselig, vor allem ihre dünnen Handgelenke und die dicke Strumpfhose.

Auf einmal erinnert sie sich an den Krankenwagen auf der High Street.

»In der Schule hatte ich eine Freundin mit Essstörung«, sagt Ciara, »das Ganze war echt kompliziert, ich mochte sie nämlich richtig gern, aber sie hat ständig gelogen und hatte immer schlechte Laune, sie konnte ziemlich zickig sein, und am Ende meinte mein Dad, da waren wir gerade mal fünfzehn, er sagte, ja, sie ist krank und das ist sehr traurig, aber wenn sie sich so benimmt, musst du nicht mit ihr befreundet sein.«

Sie meldet sich zu Wort: »Grace war nicht … Sie war nie zickig oder so, wir haben nur, also.«

Sie zuckt die Achseln und verstummt. Grace hat niemals in ihrem Beisein gegessen. Und sie hat fast nie zugegeben, dass sie nicht gesund ist, nur einmal machte sie eine Andeutung darüber, dass sie ihre Tage nicht bekommt – Das liegt an der Sache mit dem Essen, sagte sie, aber eigentlich finde ich es super, keine Tampons, keine Binden, nichts! Übrigens, willst du am Samstag zu dem Ruderwettkampf gehen – und das war es dann auch, das Visier hatte sich kaum gehoben, bevor es wieder herunterfiel. Es handelte sich um ein sorgsam und vor aller Augen gehütetes Geheimnis.

Miles sieht sie an. Sein Gesicht ist absolut reglos. Womöglich hegt er verächtliche Gedanken, oder er erinnert sich an das, was sie ihm vergangenen Sommer über Grace erzählt hat. Vielleicht fragt er sich auch, ob das Ganze womöglich seine eigene Essstörung in ein besseres Licht rückt.

»Eins von den Mädchen an meiner alten Schule hat die Essstörung nur *gespielt*«, sagt Emma. »Sie ist nach dem Mittagessen immer demonstrativ in der Toilette verschwunden und hat sich immer total angestellt, wenn sie etwas aufessen sollte, sie hat uns dazu gebracht, um sie herumzusitzen und sie zum Essen zu überreden. Aber an anderen Tagen war sie wieder ganz normal. Irgendwann haben wir dann zu ihr gesagt: Jules, hör mal, das Leben ist auch ohne deine blöde Pantomime anstrengend genug.« Während des Sprechens zerteilt und isst Emma blitzschnell ihre vegetarischen Würstchen und die Kartoffeln. Was zerkocht ist, wird an den Tellerrand geschoben, das Besteck bleibt immer in Bewegung und blitzt zwischen den Komponenten auf.

Erleichtert schluckt sie das letzte Stück Lammfleisch hinunter und bringt die Dinge auf ihrem Teller zu Ende. Greift zum Löffel und schiebt ihn durch die Kruste aus Crumble und Sauce.

»Dann war sie also definitiv nicht essgestört?«, fragt Ciara.

»Na ja«, sagt Emma, »an manchen Tagen hat sie sich dran erinnert und an anderen nicht. Aber Grace geht wirklich nie essen, oder, ich glaube, ich habe sie noch nie hier gesehen. Wogegen diese Jules immer mit uns zu Mittag gegessen hat, manchmal gab es überhaupt keine Probleme, und dann war es wieder so, als wollte sie, dass wir alle mitbekommen, wie sie das Essen verweigert.«

Der Crumble ist warm und zimtig und köstlich.

»Aber glaubst du nicht«, sagt Katie und verstummt wieder.

Emma lässt das Besteck sinken und sieht Katie an. »Was?«

Auf dieses *Was* gibt es keine ungefährliche Antwort. Emma ist bekannt dafür, dass sie zwanzigminütige Streitgespräche mit Ich finde aber trotzdem beendet und sich hinterher beschwert, niemand sei auf ihre Perspektive eingegangen.

Katie wägt ihre Gedanken ab und spricht bedächtig weiter. »Ich habe mich einfach nur gefragt, warum man so tun sollte, als wäre man essgestört.«

Emma verzieht das Gesicht. Katie ist lächerlich, die Sache liegt doch auf der Hand. »Im Grunde wollte sie nur die Aufmerksamkeit.«

»Ja«, sagt Katie, »aber … wozu sollte man es, wenn man Aufmerksamkeit braucht, ausgerechnet damit versuchen?« Ihre Stimme klingt jetzt leiser, gefasster. Irgendjemand hat ihr das beigebracht, vermutlich ein Erwachsener: *So* widerspricht man den Leuten.

»Weiß Gott, warum«, sagt Emma, »vielleicht haben ihre Eltern sich nicht genug um sie gekümmert, oder was weiß ich. Es ist mir egal. Noch lange kein Grund zu lügen.«

Katie gibt auf, sieht die Niederlage ein und wendet sich an Miles. »*West Wing*?«, fragt er, sie nickt, und dann klettern sie aus der Bank und nehmen ihre Tabletts mit, Miles wirft ein »Bis dann« in die Runde und sie sind weg. Emma rückt auf, schließt die Lücke und isst weiter, als wäre nichts passiert.

»Die sind so süß«, sagt Ciara.

»Ja, echt«, sagt sie widerwillig – und meint es ehrlich. Katie hat anscheinend doch mehr – es klingt schlimm, aber was soll's – mehr *Persönlichkeit* als vermutet. Die beiden passen gut zusammen. Meistens übernachten sie bei Katie, die in einer WG mit richtiger Küche wohnt. Miles kocht gern. Heute schlafen sie bei ihm; sie kuscheln sich ins Bett und schauen eine Serie auf seinem Laptop. Morgen früh gehen sie in irgendein kleines, süßes Café und frühstücken und unterhalten sich leise. Sie sind wie …

»Und, Annabel, wie geht es dir?«, fragt Ciara. »Hast du eben gesagt, du wüsstest noch nicht, worüber du dein Essay schreiben sollst? Spüre ich da eine Sonettkrise aufziehen?«

»Ha«, sagt sie. »Ja, kann sein.« Wieder dieses klumpige Gefühl, sie hat keine Lust zu reden, zwingt sich aber dazu: »Manchmal wünsche ich mir wirklich, es gäbe eine konkrete Fragestellung. Oder überhaupt ein Oberthema, so was wie: Schreib was über die Bildsprache oder die Form oder …« Sie unterbricht sich, beginnt von Neuem. »Ich finde die Sonette irgendwie … nicht greifbar.«

»Hmm, ja, ich weiß, was du meinst«, sagt Ciara. »Ich finde, irgendwie kann man nichts darüber sagen, was sie nicht schon selbst gesagt haben, nur tausendmal besser.«

»Ich … ja.« Sie sieht Ciara an, sucht nach einer Antwort.

»Aber vielleicht hast du was ganz anderes gemeint«, fährt Ciara fort und streicht sich lächelnd die dunklen Locken aus dem Gesicht.

Wenn der GELEHRTE sich selbst ermahnen und zur Höflichkeit anhalten will, sagt er, was sie jetzt sagt: »Nein, ich meinte es tatsächlich genau so.«

Ciara grunzt mit geschlossenem Mund, sie ist nachdenklich oder überrascht, vielleicht auch einfach nur zufrieden. »Wie wäre es, wenn wir auf ein Bier ins Bear gehen? Ich muss das Essay zu Ende schreiben, aber wenn wir uns beeilen …«

»Oh« – sie will reflexhaft ablehnen, pfeift sich aber zurück, du liebe Güte, es ist nur ein Bier. Sie setzt neu an: »Ja, vielleicht«, aber dann fällt es ihr wieder ein, »oh, nein, ich kann nicht, ich muss meinen Freund zurückrufen.«

»Ohhh, ihren Freund!«, ruft Emma und hält dann abrupt

inne. Natürlich kann sie diese Neuigkeit nicht kommentarlos hinnehmen, aber genug Energie für eine Befragung hat sie auch nicht.

»Okay«, sagt Ciara, »ein andermal vielleicht.« Sie lächelt wieder. »Was wohl heißt, dass ich jetzt wirklich in die Bibliothek gehen und das blöde Essay schreiben muss, oder?«

Sie stehen gleichzeitig auf und nehmen ihre Tabletts mit, und dann schäkert Emma mit Paolo, der das schmutzige Geschirr sortiert, sie kennt alle Angestellten des College mit Namen, und alle mögen sie. Sie verlassen den Speisesaal und gehen durch den gemauerten Gang. Sie spürt, wie sich in ihrem Becken die vertraute Faust zusammenballt, die Fäkalfaust.

Ciara schiebt den schweren Riegel hoch und stemmt sich gegen die Tür, und dann treten sie in den eisigen Hof hinaus. Die Luft riecht kalt und ganz leicht nach Zigarettenrauch. »Bis dann«, sagen Ciara und Emma, und sie sagt: »Bye.« Während sie sich entfernt, hört sie Emma in ihrem Rücken sagen: »Ich hätte Zeit für ein schnelles Bier, wenn du magst«, und Ciara antwortet: »Nee, lieber nicht, ich suche nur nach Ausreden, ich muss jetzt wirklich« und so weiter und so fort. »Na gut«, sagt Emma. Annabel dreht sich um und sieht, wie Emma den Weg zum Gemeinschaftsraum einschlägt.

Sie geht zu ihrem Aufgang weiter und weigert sich, zu Miles' beleuchtetem Fenster hinaufzublicken. Ganz kurz hat sie wieder den Geschmack ihres Spaziergangs im Mund. Der GELEHRTE und der VERFÜHRER, der Garten, der schwarze Teich. Aber auch den frischen Impuls von Ciaras Einladung, allein an sie gerichtet. Sie mag Ciara. Sie ist aus demselben Holz geschnitzt wie so viele Oxford-Mädchen, intelligent, lebhaft und witzig, beziehungsweise hat sie sich angepasst und ist jetzt Oxford-lebhaft, Oxford-witzig, Oxford-intelligent, sie nimmt ihren Cappuccino to go in den Gemeinschaftsraum mit und macht ironische Kommentare über Chaucer, aber gleichzeitig ist sie *nett*, womöglich sogar *richtig nett*. Die Wörter kursivieren sich vor lauter Überraschung selbst. Vielleicht könnten sie morgen nach den Tutorien … in Gedanken feilt sie an einer Nachricht …

Nein. Sie hat einen Freund, der auf eine Entscheidung wartet. Eins nach dem anderen.

Als sie die Treppe hinaufsteigt, bekommt sie plötzlich einen Eindruck vom eigenen Körper. Von seinen Abmessungen und Proportionen. Er ist weder groß noch klein, weder dick noch dünn. Keine hervorstehenden Knochen oder Beulen. *Kompakt* wäre vielleicht das richtige Wort, und *funktional*, was ihr Darm in diesem Moment unbedingt beweisen will. Diesmal wird es viel, sie spürt den Druck wie von einem Stein. O Gott, sie muss – sie verfällt in einen Laufschritt, rennt an Emmas Zimmer vorbei, an dem von Grace, den Schlüssel schon in der Hand. Wirft einen flüchtigen Blick zurück zur weißen Nachbartür.

Ein weiterer Krampf in ihrem Becken, sie schließt auf, springt hinein, wirft den Mantel zu Boden, ab ins Bad, schließt die Tür hinter sich, zieht sich die Jeans herunter.

Und *o Gott* alle Kräfte schließen sich in ihrem Unterleib zusammen und stoßen es aus wie eine stinkende, glitschige Schlange, die mit einem *Plump* ins Wasser fällt. Du liebe Güte, was haben die da ins Essen getan. Es kommt noch mehr – ihr Körper wendet mehr Kraft an, und mehr kommt heraus – ihr gesamter Unterleib arbeitet, schiebt – sie wird zu dem Verb *pressen* – und so geht es immer weiter, ein nasses Klatschen folgt auf das andere, ihre Muskeln japsen und ziehen sich dann abermals zusammen, um noch das letzte Klümpchen auszustoßen.

Dann ist es geschafft, sie sitzt mit auf den Knien verschränkten Armen da und lässt den Kopf hängen. Hinter ihr schwimmt ein Haufen Scheiße in der Toilettenschüssel, und dem Geruch nach zu urteilen, befindet er sich nur teilweise unter Wasser. Sie dreht sich langsam um, wirft einen Blick auf die braunen Exkremente und macht sich an den mühsamen Prozess des Wischens. Ständiges Wiederholen, und die Schlieren auf dem weißen Papier werden kleiner und kleiner.

Zuletzt steht sie auf, klappt den Deckel herunter und spült. Benetzt sich die Hände mit Wasser und College-Seife, reinigt sie gründlich und trocknet sie am Handtuch. Was für ein Ereignis. Nicht zum ersten Mal fragt sie sich, ob das Kantinenessen auf die anderen ähnliche Auswirkungen hat, ob die Würste auch aus ihnen herausgleiten wie kleine Wale, ob im College ein mächtiges Rauschen durch die Wasserrohre geht, wenn alle auf die Spültaste drücken.

Wie dem auch sei. Sie muss Rich anrufen. Sie fühlt sich untenrum erleichtert, außerdem hat sie einen trockenen Mund. Vielleicht ist es hilfreich, oder. »Verdammt noch mal, Annabel«, sagt sie zu sich selbst. Was soll sie machen.

Ihre Mutter hat sie mit Live-Updates versorgt. 17:13: Natürlich passt gegen acht auch, wir rufen dich dann an. 18:51: Planänderung, Schätzchen, Oma geht es nicht so gut, ich muss rüber, vielleicht rufst du Caro und Sophy an und wir beide reden Ende der Woche? 18:53: Schreib Sophy, sie trägt heute Abend die Verantwortung!

Sie löscht die Nachrichten und der Home-Bildschirm erscheint. Hinter der Uhrzeit – 19:12 – ein Foto, das sie zu fünft zeigt. Es ist Weihnachten, Oma sitzt lächelnd neben ihrer Tochter und den Enkelinnen. Nun aber keine weiteren Verzögerungen: Rich. »Ja, sofort, warte kurz«, sagt sie laut. Nimmt auf dem Bett Platz, legt das Handy neben sich. Sie hat wie viele Optionen, drei. Sie könnte einfach ja zum Wochenende sagen. Oder sie vertröstet ihn und verspricht ihm, Ostern mit ihm zu verbringen, vielleicht könnten sie es sogar ihrer Mutter sagen, sie will mit ihm zusammen sein, wirklich. Oder er bekommt jetzt ein entschiedenes, allumfassendes, endgültiges Nein.

Sie hat einen Einfall und muss lächeln: Sie ist Bassanio und Portia in einer Person, sie hofft sehr, das richtige der drei Kästchen zu wählen, gleichzeitig stammen alle Kästchen von ihr, beziehungsweise *sind sie*, abgesehen davon hat sie immer noch keine Ahnung, für welches sie sich entscheiden soll.

Fast ohne einen weiteren Gedanken greift sie zum Handy und ruft Rich an.

Verdammt, es klingelt. Warum spielt sie unnötig mit dem Feuer und …

… da ertönt schon seine Stimme, »A-ha, der Pyjama ruft an, oder habe ich mich im Datum vertan?«

In ihrem Kopf drängen unterschiedliche Antworten in unterschiedliche Richtungen, aber sie sagt: »Ich habe mir inzwischen was angezogen.«

»Ah, wunderbar, hast du zu Abend gegessen?«

»Ja, ich war spazieren, und dann bin ich zurückgekommen und habe im Speisesaal gegessen«, und dann bin ich in mein Zimmer gerannt, und aus irgendeinem Grund hat sich mein Darm vollständig entleert, was sie aber nicht sagt.

»Wow, du hast also versucht, dich vorübergehend wie ein normaler Mensch zu verhalten, der unter Menschen geht?«

»Äh, ja, kann sein.« Was soll sie wegen des kommenden Wochenendes sagen, er wird sie jeden Moment danach fragen.

»Sorry«, sagt er plötzlich. »Mein Gott, sorry, das war gar nicht nett.«

»Oh.« Sie versucht, sich an seine Worte zu erinnern, registriert die Bedeutung. »Ist schon okay.«

»Na gut. Sorry. Wie war das Essen?«

»In Ordnung. Ciara aus meinem Englischseminar wollte noch was trinken gehen.«

»Du solltest mitgehen. Geh raus und amüsier dich.«

»Ist schon okay, ich glaube, sie ist jetzt wieder in der Bibliothek, sie meinte selbst, dass sie nur nach einem Weg sucht, die Hausaufgabe vor sich herzuschieben.« Hätte er genauso reagiert, wenn sie einen Männernamen genannt hätte?

»Ah, okay, verstehe.«

Ein kurzes, klammes Schweigen. Sie könnte ihm von Grace erzählen. Die unvermittelte Erinnerung an ihr schmales, bleiches Gesicht. Vielleicht wäre es besser, seine Stimme da rauszuhalten. Wahrscheinlich hat er oft mit Müttern zu tun, die ihre Töchter in seine Praxis schleppen, immerhin ist er Arzt, vermutlich weiß er darüber sehr viel mehr als sie. Trotzdem. Seine selbstgewissen Einsichten, so nah …

»Hör mal, Annie«, sagt er und klingt plötzlich gar nicht mehr nah, »ich habe eben Nudeln aufgesetzt, kann ich dich nach dem Essen zurückrufen? So in einer halben Stunde?«

»Oh. Ja, klar.«

»Annie? Ist es wirklich okay? Vielleicht brauche ich auch nur zwanzig Minuten, sie sind fast fertig.«

»Ja, es ist nur …«

Er darf noch nicht auflegen. Sie lässt den Blick durchs Zimmer schweifen, über ihre gestapelten, gelagerten Habseligkeiten. Keine Idee, nirgends, alles wartet auf sie. Plötzlich der Gedanke an Grace, wie sie bewusstlos nebenan liegt, an Miles und Katie, an ihre eigene, kleine, dumme Welt, Kaffee und Gedichte … Sie sieht die braunen Bruchstücke im Regal.

»Ich habe einen Becher zerbrochen«, sagt sie schließlich.

»Hm.« Er überlegt, sie kann ihn praktisch stutzen hören. »Was ist passiert?«

»Keine Ahnung, ich habe das Geschirr gespült, und da ist einfach der Henkel abgebrochen.«

»Ist alles okay? Du hast dich doch hoffentlich nicht geschnitten?«

»Nein, nein.«

»Okay, gut. Glaubst du, man kann es kleben?«

»Ja … ich meine, nein. Man könnte es kleben, aber es würde nicht halten.«

»Ja, verstehe.« Er klingt noch nicht zufrieden; er ist noch nicht dahintergekommen. »War es ein besonderer Becher?«

Sie nickt, betrachtet die Trümmer im Regal. Den kleinen braunen, henkellosen Becher. Die Amputation war unwürdig.

»Annie?«

Oh. Sie weint. Ihr Brustkorb schwillt an, ihre Kehle schnürt sich zu. Sie versucht zu sprechen. »Tut mir leid, ich …«

»Annie«, sagt er, »alles in Ordnung?«

»Ja …«

Nichts ist in Ordnung. Sie kann es nicht kontrollieren. Dieses schmerzhafte Kneifen. Etwas stimmt nicht, ihr Hals fühlt sich zu eng an, wie verklebt. Sie saugt Luft ein, es tut *weh*, sie schluchzt.

»Annie, was ist denn los, ist irgendwas vorgefallen?«

»Nein, ich muss nur ...«

Sie muss das nur in den Griff bekommen. Seine warme Stimme wartet am anderen Ende der Leitung. Aber sie hat Schmerzen, sie kann das nicht, sie muss – sie will – sie versucht einzuatmen, kann aber nur schluchzen. Sie wünscht sich etwas Dunkles, Warmes ...

»Annie?«

... wie der lautlos blinkende Krankenwagen mit Grace davongefahren ist ...

»Hast du eine Panikattacke?«, fragt seine Stimme.

... sie klammert sich an den Gedanken davor, sie will, sie weiß es auch nicht, eine kleine Maus in der Manteltasche des GELEHRTEN sein ...

»Ich weiß nicht«, flüstert sie. »Kann sein.«

... oder ein Grashüpfer in seiner Tasche, eine Glasperle ...

»*Annie*«, sagt er mit Nachdruck.

Alles steht still.

»Okay«, sagt er, »hör mir zu, setz dich einfach hin, und dann atmen wir zusammen, okay?«

»Okay«, flüstert sie. Eine Glasperle auf einer Schnur. Oder tief im Schlamm. Sie *will*, und er kann ihr nicht helfen. Sie stöhnt auf.

»Okay«, sagt er, im Hintergrund klappert ein Topf, »hast du dich hingesetzt?«

Ein kurzes Schluchzen: »*Ja.*«

»Okay, alles wird gut, wir atmen jetzt tief ein, und beim Ausatmen zählen wir bis fünf, okay?«

Sie versucht, sich an seine Stimme zu hängen. »Okay.«

»Sehr gut, atme langsam aus, und jetzt *ein*, zwei, drei, vier, fünf, und *aus*, zwei, drei, vier, fünf, gut so, und schön den Bauch entspannen, und *ein*, zwei, drei«, und so zählt er immer weiter. Zuerst fühlt sie sich erdrückt, sie bekommt keine Luft, versteht er das denn nicht, aber sie bemüht sich, nicht zu keuchen und nicht zu hecheln, und nach einer Weile beruhigt sie sich und kann mitmachen. Tränen laufen ihr über die Wangen. Er zählt mindestens zwanzigmal, und sie sagt nichts, sondern atmet nur.

Als er am Ende fragt: »Ist es schon besser?«, fühlt sie sich verschwitzt und leer. »Ja«, sagt sie und zieht etwas Rotze hoch.

»Gut. Hast du heute genug gegessen und getrunken?«

»Ja.«

»Und hast du genug geschlafen?«

»Ja.«

»Gut. Der Herr Doktor ist zufrieden.«

Sie bemerkt eine leise aufflackernde Erregung.

»Ist irgendwas passiert, oder kam das jetzt wie aus dem Nichts?«

»Ich vermisse dich«, sagt sie.

Stille. Sie kann hören, wie er denkt, dass das keine Antwort auf seine Frage ist. Sollte er im Medizinermodus bleiben? Im nächsten Moment atmet er ein und sagt: »Ich vermisse dich auch. Was ist denn los, hm?«

»Ich möchte, dass du am nächsten Wochenende herkommst.«

»Ach, nein, keine Sorge, du musst jetzt nichts entscheiden, wir können das morgen besprechen.«

»Doch, ich will aber«, sagte sie. »Ich habe mich entschieden.«

»Okay. Wenn du dir sicher bist.«

»Ich bin mir sicher. Ich wünschte, du wärst hier.«

Sie hat den richtigen Ton getroffen. Er schweigt, dann sagt

er sanft: »Ich frage mich gerade, wann ich ins Bett käme, wenn ich jetzt sofort losfahre und für ein paar Stunden bleibe.«

O je, es würde sie Energie kosten, und das Essay kann sie dann auch vergessen – aber Sex! Heute Abend! In diesem Zimmer! Mit seinem warmen Körper! »Aber die Fahrt dauert zwei Stunden«, flüstert sie.

»Nein, weniger, vor allem auf dem Rückweg, wenn die Straße leer ist.« Et atmet noch einmal aus. »Tja, am besten vergesse ich es schnell wieder, ich wäre für den Rest der Woche im Eimer. Okay, soll ich von Freitag bis Sonntag kommen, damit wir das ganze Wochenende haben?«

Heute Abend also nicht. »Ja.«

»Okay, und du bist dir sicher? Ganz sicher?«

»Ja.«

»Okay, ich werde das Hotel anrufen. Und mich auf die längsten fünf Tage meines Lebens gefasst machen.« Er lächelt jetzt. Seine Arme werden sich warm anfühlen, vielleicht wachen sie im Morgengrauen auf und kuscheln sich aneinander und warten, bis es hell wird. »Und am Sonntag können wir vielleicht aus der Stadt rausfahren und spazieren gehen?«

»Okay.« Ihre versammelten Organe und Nerven wissen nicht, was sie davon halten sollen. Sie klumpen sich verwundert zusammen und hören, wie sie zu allem ja sagt.

»Super, dann kannst du diese Woche ja schon mal zu Blackwell's gehen und eine Karte oder einen Wanderführer kaufen, dann haben wir die Wahl. Am besten eine Route mit Pub, wenn es geht. Und am Samstag sehen wir uns Oxford an? Übrigens freue ich mich total, alle werden denken, dass ich ein verheirateter Mann bin und du meine Affäre oder so ähnlich. Soll ich dir einen kleinen Ehering mitbringen, wie in den Fünfzigerjahren?«

Sie lacht, aber nur ganz leise. Betrachtet ihre nackte linke

Hand. Stellt sich daran einen goldenen Ehering vor. »Du machst Witze«, sagt sie.

»Mehr oder weniger. Wahrscheinlich ernten wir beim Frühstück ein paar schiefe Blicke. Wobei der Altersunterschied ja nun nicht *so* groß ist.«

Wie Emma eben Ohhh, ihren Freund gerufen hat. Als wäre ein Alarm losgegangen. Wenn irgendjemand sein Alter erfährt, wird es sich am College verbreiten wie ein Lauffeuer. Vielleicht sollten sie, statt ihre Orte zu besuchen und ihren Leuten in die Arme zu laufen, das andere Oxford erkunden, ins Museum gehen und an den Kanal, das Magdalen College besichtigen und den Hirschpark; sie sollten alle Ecken und Straßen meiden, an denen sie bestimmte Gedanken hatte, und auch das Café, in dem sie mit Miles saß. Sie könnte Oxford wenden wie ein Kissen und die neue, kühle Seite genießen …

»Mein Gott, ich muss jetzt schon an deinen Körper denken.«

Seine Stimme hat sich verdunkelt. Sie holt Luft, stößt sie als Seufzer wieder aus. »Hmm.«

»Wir könnten das *Bitte-nicht-stören*-Schild raushängen und das ganze Wochenende im Zimmer bleiben.«

Leise und schüchtern fragt sie: »Warum hast du an meinen Körper gedacht?«

»Du meine Güte, Annie, fang bloß nicht so an, ich habe noch nicht gegessen und muss das Hotel anrufen.«

»Du kannst es mir sagen.« Warum klingt sie plötzlich so?

Er atmet tief ein. »Nun. Wenn du schon fragst. Ich, ähem. Ich habe mir vorgestellt, wie du auf alle Viere gehst, damit ich dich sehr langsam und sehr gründlich ficken kann.«

Sie lässt sich aufs Bett zurücksinken und hält sich das Handy ans Ohr. Ihre linke Hand wandert abwärts und nimmt den Metallknopf ihrer Jeans zwischen Daumen und Zeigefinger.

»Und vielleicht«, fährt er fort, »ich meine, wenn du das willst, kann ich dir die Hände auf dem Rücken zusammenbinden, und dann ... hm.« Er hält inne, holt zittrig Luft.

Sie malt es sich aus. Ihr ins Kissen gedrückter Kopf, wie seine Hände sie an der Hüfte nach hinten ziehen, der leichte Schmerz in den Schultern, weil ihre Arme auf ihrem Rücken gefesselt sind, ihre Handgelenke auf Hüfthöhe, und wie sein Körper nichts anderes mehr will, als sie zu ficken ... und was würde er währenddessen sagen, *ja, genau,* was ...

»Annie?«

»Ja, ich«, haucht sie so leise wie möglich, »ich habe es mir nur vorgestellt.«

»Ah, sehr gut, aber ich muss jetzt aufhören. Stell es dir weiter vor, und wenn wir uns sehen, erzählst du mir davon.«

»Okay«, sagt sie. Sie hätte sich mehr gewünscht. Sie könnte ihm später eine Nachricht schreiben: Vielleicht eine Augenbinde? Vielleicht wäre das ihr Ding.

»Aber, hör mal, ist alles wieder in Ordnung?«, fragt er, »oder möchtest du noch ein bisschen reden? Kommst du allein klar?«

»Ja, aber« – sie überlegt, hält sich das kleine Handy an die Wange – »ich wünschte, du wärst hier.«

»Bin ich ja bald, zum Glück, ich kann es kaum erwarten. Ich schicke dir die Adresse, sobald ich gebucht habe, okay?«

»Ja«, sagt sie leise.

Er lacht; er hat es völlig richtig verstanden. »Okay. Und bis dahin bist du fleißig.«

»Ja.« Er will jetzt wirklich auflegen, nicht wahr. Ihn zu überreden, wäre unwürdig. »Bis bald.«

»Bis ganz bald, gute Nacht, schlaf schön.«

»Du auch.«

Und dann ist er weg. Sie lässt das Handy fallen, streckt den Arm im Liegen aus und lässt die steife Schulter kreisen. Die schräge Decke zieht sich in die Höhe wie eine Frage. Er ist fachmännisch mit ihr umgegangen, er war geduldig und hat sie beruhigt. War bemüht, mit ihren wechselnden Launen Schritt zu halten. Und sobald es ihr wieder gut ging, war er nicht mehr ihr Arzt.

Sie setzt sich an der Bettkante auf. Dann wird er sie nächstes Wochenende also besuchen. Das ganze Zimmer hat gehört, wie sie ihn eingeladen hat. Erhobenen Hauptes. Erhobenen Hauptes deine Garbenfracht. Und vielleicht findet sich ein neues Reich. Als er von auf dem Rücken gefesselten Händen sprach, vollzog ihr Verstand ein neues Manöver und bekam etwas zu fassen. Es war nicht genau das, was er sagte, aber es lag knapp daneben. Eher so etwas wie ein gemurmeltes Das ist gut für dich, oder Na also, so ist es besser, nicht wahr, und dann packt er sie noch fester und fickt sie. Allein der Tonfall, allein die Prämisse. Sie könnte ICH WILL auf einen Zettel schreiben, in Großbuchstaben. Sie braucht … etwas …

Eine Vorstellung glimmt auf und fängt Feuer, auf einmal kann sie deutlich erkennen, was sie braucht, es ist groß und verschleiert und verschwindet im Wald ihrer Gedanken.

Sie beschließt, heute Abend nicht mehr zu Hause anzurufen, sie kann morgen mit den anderen reden. Genug Worte für einen Tag. Es ist an der Zeit, still zu sein.

So ruhig wie eine Nonne, die sich vor einem Holzkreuz entkleidet, legt sie ein Kleidungsstück nach dem anderen ab und wirft es über den Stuhl oder in den Wäschekorb. Sie geht ins Bad, stellt die Dusche an, hält die Hand darunter und wartet, bis das Wasser warm wird. Steigt hinein und zieht die Kabinentür zu. Das warme Wasser prasselt ihr auf Kopf, Schultern und Rücken, ihr Körper zuckt zusammen, bis ihm wieder einfällt, was Wärme ist und alle Nervenzellen sich glücklich nach oben orientieren. Oh, diese köstliche Wärme. Die Glastür ist jetzt schon beschlagen, in der Kabine staut sich der Dampf, sie ist allein in einer weißen Welt. Hebt die Arme, und die karamellgelben Haare in ihren Achseln schmelzen im Wasser zusammen.

Sie und Rich haben, sie weiß nicht, was, aber es ist gut und warm wie das hier und ergießt sich auf sie beide. Sie drückt sich etwas Shampoo in die Hand und schäumt es auf ihrem Kopf zu einer Kappe auf, schiebt ihre Finger tief hinein, bis an die Kopfhaut, legt den Kopf in den Nacken, das Wasser ist jetzt *wirklich heiß*, oh, ja, sie lässt es sich auf die Haare und über die Schultern laufen. Was sie haben, ist stark, es fühlt sich an, als trage sie ihn jetzt in ihren Zellen mit sich herum; ihr Körper weiß, wie er sich nach seinem sehnen kann.

Bald werden sie es offiziell machen müssen. Wenn sie Ostern und den Sommer zusammen verbringen, müssen sie es offiziell machen. Zu Hause, denkt sie und zieht den Conditioner durch ihre nassen, schweren Haare, zu Hause ist sie sehr verschwiegen, alle wissen das, aber absolut verschlossen ist sie nicht. In den Weihnachtsferien zu lügen und den anderen nicht zu sagen, wohin sie ging, war unangenehm und anstrengend und fühlte sich falsch an. Ihre Mutter wird nicht schreien, sie schreit nie, sie hat noch nie versucht, ihren Töchtern irgendwas zu verbieten, wie auch sie sich nichts verbieten lässt. Sie hat eine sehr modische Frisur, einen sehr langen Hals und einen sehr geraden Rücken, sie besucht Vorträge und Dinnerpartys und diskutiert angeregt über Hochschulpolitik, Mahler-Symphonien, den russischen Kommunismus im Wandel der Zeit, aber mit ihren Töchtern geht sie sehr zärtlich um, wann immer sie die Treppe herunterkommen, streichelt sie ihnen über den Kopf. Ja, sie sollte Bescheid wissen.

Sie spült sich die glitschige Chemie aus den Haaren. Vielleicht, wenn die Orchestersaison vorbei ist und ihre Mutter ihn nicht mehr jede Woche sieht. Im schlimmsten Fall muss er das Orchester eben verlassen. Sie seift alle Körperflächen und alle Falten ein, und auch die drei Haarbüschel, verdreht sich unter dem Strahl und spült den Schaum ab, zieht sich kurz die Pobacken auseinander, um Wasser hindurchlaufen zu lassen, legt den Kopf in den Nacken und empfängt einen letzten heißen Schwall. Er hat ganz fröhlich geklungen: Ich hätte nichts gegen eine Pause einzuwenden, die Proben sind mir in letzter Zeit ohnehin zu viel. Oder vielleicht suche ich mir einfach ein anderes Orchester, irgendwer wird einen mittelmäßigen Geiger gebrauchen können.

Sie stellt das Wasser ab. Auf einmal herrscht eine tropfende Stille. Sie verdreht ihr Haar zu zwei nassen Seilen und wringt das Wasser aus, streicht sich die Tropfen von Armen und Beinen, schiebt die Kabinentür auf, tritt nass und triumphierend heraus. Das saubere Sonntagabendhandtuch ist steif und noch gefaltet; sie schlägt es aus und trocknet sich abschnittsweise ab. Hat den GELEHRTEN vor Augen, wie er nackt neben der Badewanne steht, den Kopf beugt, das nasse

Haar mit einem Handtuch bearbeitet und dann eilig zurück-kämmt. Gleich wird er zum Essen nach unten gehen. Sie zieht sich lächelnd die dicke, frisch gewaschene Pyjamahose über die gewärmten Beine, er geht zeternd hinaus.

Nachdem sie sich die Haare geföhnt und zu einem glatten Nachtzopf geflochten hat, füllt sie den Wasserkocher und schaltet ihn ein. Kehrt ihm den Rücken zu, während das ansteigende Brausen den Raum erfüllt. Geht und putzt sich die Zähne. Im Bad stellt sie sich vor den Spiegel und schaut zu, wie sie sich die Zahnbürste in den Mund schiebt: *diese* ihre braunen Augen betrachten *jene* ihre braunen Augen, darunter energische Bewegungen in Weiß und Blau. Das also ist ihr Gesicht. Sie bückt sich, spuckt ins Waschbecken aus und kommt mit Schaum vor dem Mund wieder hoch. Wischt sich mit der nassen Hand über die Lippen. Geht zurück ins Zimmer und stellt sich vor das Regal, nimmt den Kamillentee heraus, schüttet die getrockneten Blüten ins Drahtnetz, hängt es in den rosa-weiß gestreiften Becher und gießt heißes Wasser darüber. Hat die beruhigende Wirkung etwas mit der Kamille selbst zu tun oder mit dem Wunsch nach Beruhigung. Ganz kurz sieht sie die Teile des zerbrochenen braunen Bechers und spürt einen Zorn in sich aufwallen – weil es ihr so viel ausmacht, und weil es dumm ist, sich so viel daraus zu machen –, also nimmt sie den Teebecher und wendet sich ab. Setzt sich und beschließt, an Grace zu denken, wenigstens für ein paar Minuten.

Tief einatmen. Also. Grace am Tropf in einem weißen Krankenhauszimmer, ihr dünnes, blondes Haar, das erschöpfte Gesicht. Ihre Eltern sind unterwegs, sie reisen aus Exeter an und fahren in geistesabwesendem Schweigen. Magersucht – ein furchtbares Wort. Ein cleveres, biegsames Vakuum, eine unsichtbare Kraft, dem Wind nicht unähnlich, die das Fleisch täglich und in winzigen Schichten von den Knochen abträgt. Aus dem Wunsch, sich gut zu ernähren, wird ein Nein, ich darf nicht essen, oder Obwohl ich weiß, dass ich essen muss, will ich nicht, oder Mein Körper wird jede Nahrung verweigern und ich kann nichts dagegen tun. Oder verschwimmen diese Modalitäten bis zur Ununterscheidbarkeit? Ist da eine gleißende Ekstase, macht es Grace Spaß, erweitert es ihr Verständnis für die Klassiker, strahlen Ovid und Homer und Aischylos als Skelette noch heller …

Nein, sagt sie sich in ihrer weltlichen Stimme. Nein. Grace ist krank.

Grace' Zimmer nebenan ist teuflisch aufgeräumt oder schrecklich unordentlich. Ist sie auf dem Boden herumgekrochen, als sie schwächer und schwächer wurde? Das Ganze ist wahrscheinlich anstrengend, sie muss sehr müde sein. Ab wann fing die Krankheit an, ihr Inneres einzugrenzen. Ein plötzlicher Gedanke: Wenn sie, als sie mittags das Essen von Grace im Kühlschrank sah, was war noch mal das Verfallsdatum der Suppe, wenn sie sich in dem Moment gefragt hätte, wann sie Grace zuletzt begegnet ist, wenn sie losgegangen wäre und an ihre Tür geklopft hätte. Wäre sie, wenn niemand reagiert hätte, achselzuckend in ihr Zimmer und zu den Sonetten zurückgekehrt. Hätte sie einen Zettel an die Tür kleben oder eine Mail oder eine Textnachricht schreiben sollen oder – dann wiederum hätte das jeder Altphilologe tun können, jede der vielen Personen, die gemerkt haben, dass Grace nirgendwo mehr auftaucht.

Sie trinkt einen Schluck heißen Kamillentee. Schließt kurz die Augen und versucht, ihren Anteil der Schuld zu akzeptieren. Oder der Verantwortung, falls es da einen Unterschied gibt. Sie könnte sich erkundigen, ob Grace Besuch möchte. Sie könnte in den nächsten Tagen im Krankenhaus anrufen, und sobald es Grace besser geht, könnte sie den Bus nehmen und sie oben auf dem Hügel besuchen. Es ist vielleicht nicht, was der GELEHRTE tun würde, aber ganz bestimmt das, was sie tun sollte.

Ein Magier bekommt eine schwierige Frage gestellt. Er setzt sich unter einen Baum; er fastet, bis er die Antwort gefunden hat. Auf das Wissen zu warten, ist ein vollkommen natürlicher Prozess. Eine Systempause. Warum dann glauben in Oxford alle, Wissen erfordere üppige Mahlzeiten und guten Wein, Tee, Scones und lange Reden. Und niemand (ihre Gedanken nehmen eine Abzweigung), wirklich niemand stellt gute, spezifische, anspruchsvolle, interessante Fragen. Gäbe es doch nur jemanden, der ihr solche Fragen stellt. Ein spiritueller Wegweiser. Ein Lehrer im besten Wortsinn, jemand mit einer geschickten, rutschfesten Aufmerksamkeit. Ein *persönlicher* persönlicher Tutor.

Dieser Gedankengang ist gefährlich, aber sehr verlockend.

Sie denkt an den schwarzen Teich. An Priester. Sie denkt an einen Priester, der die schweren Falten seiner Soutane beiseitezieht und seinen Schwanz entblößt. Und sie denkt daran, auch wenn das ursprünglich so nicht beabsichtigt war, vor ihm auf die Knie zu gehen und seine Überlegenheit zu akzeptieren, während er sich mit beiden Händen an die geschnitzten Sessellehnen klammert. Nein. So war das nicht gemeint. Sie versucht es noch einmal: ein Priester, der bedächtig hinter seinem Schreibtisch sitzt, sie ernst nimmt und für jedes ihrer Dilemmata eine Lösung weiß.

Wie dem auch sei. Sie schiebt ihre Hände unter das Pyjamahemd, legt sie sich aufs Brustbein und spürt das So-sein, das Hier-sein der Stelle; dies ist der Ort, an dem sie sitzt. Sie nimmt das Handy vom Bett und tippt schnell hintereinander fünf Nachrichten: eine an Sophy, eine an ihre Mutter, eine an Bridget, eine an Ciara und eine an Rich. Als sie die letzte abschickt, wünscht sie sich, sie könnte jetzt an einem Haferkeks knabbern. Ein ungewöhnlicher Gedanke. Es ist, als hätte sie fünf Kekse verschenkt, und nun darf sie sich selbst einen nehmen und spüren, wie die Flocken sich voneinander lösen und in ihrem Mund zerfallen. Die letzte Nachricht ist raus; mit abendlicher Endgültigkeit schaltet sie das Handy aus und legt es ins Regal.

Es ist Abend geworden. Sie denkt das ganz bewusst, den kompletten Satz, während sie den guten, warmen Kamillentee trinkt. Sie hat den Tag hinter sich gebracht. Die vielen Stimmen, die durch Telefonleitungen schwappen und im Speisesaal zusammenfließen ... die vielen, vielen Leute, und jeder davon ein unermesslich großer Mensch mit Eigenschaften, Zielen und unvermuteten Geheimnissen ... alles das ist für heute vorbei.

Sie nippt am Tee. Kamille ist ein weiches, sauberes Baumwollgetränk. Wer in die unterirdischen Tiefen des Abends hinabsteigt, sollte etwas Starkes, Dunkles trinken, Whisky vielleicht oder Cognac, und dabei geduldig in einem langen, traurigen Buch blättern. Die Lampe, der Lesesessel. Man bräuchte nicht einmal so zu tun, als wäre es nicht längst Nacht geworden. Alle zwanzig oder dreißig Seiten darf ein Hauch von Sehnsucht herauswehen. Im Leser erkennt sie plötzlich den GELEHRTEN; er wird immerzu versuchen, noch etwas zu finden, nur eine Sache noch, bevor er aufgibt und sich schlafen legt.

Plötzlich muss sie lächeln. Heute war ... Sie steht schnell auf und geht ans dunkle Fenster, ihr Körper ist immer noch warm von der Dusche. Sie hebt den Arm und presst ihre Lippen fest und liebevoll an den eigenen Handrücken. Irgendwo da draußen sind der GELEHRTE und der VERFÜHRER, dort sollen sie fortan zu Hause sein, vereint in einer dunklen Straße, auf dem Weg in einen Pub.

Ohne nachzudenken, geht sie zum Schreibtisch, schaltet die Lampe ein, nimmt barfuß und im Bademantel Platz und zieht ein Blatt Papier heran. Nimmt einen Stift und schreibt:

In einer Welt mit Sonetten braucht es nichts als Sonette.

Sie betrachtet den Satz. Sagt zu sich selbst: »Ich habe keine Ahnung.« Sieht noch einmal hin. Dann schaltet sie die Lampe wieder aus und lässt den Gedanken auf dem Schreibtisch liegen. Auf Wiedervorlage, morgen.

Sie tritt noch einmal ans Fenster, zieht den Riegel zurück und schiebt es weit auf. Die kalte Luft berührt ihr Gesicht, ihre Hände und ihren Hals. Sie starrt in die Dunkelheit, hört die schwache Brandung der fernen Stadtgeräusche. Sie kann fühlen, wie irgendwo in ihrem Kopf Gedankenfetzen verklumpen und sich wieder voneinander lösen, dünnen Wolken gleich, die vor dem Mond vorbeiziehen. Während sie die Dunkelheit sieht, steigt ein Schaudern auf, aber sie weiß, es kann ihr nichts anhaben. Sie fühlt ihren starken Körper, er ist fest wie eine Aprikose, und ihr fein austarierter Verstand führt schnurrend die abendliche Umstellung durch.

In ihr breitet sich eine schwarz und golden gemusterte Freude aus. Sie schließt das Fenster; alles ist gut. Sehr gut.

ENDE

Danksagung

Vor allem bin ich Shakespeares wunderbaren Sonetten zu
Dank verpflichtet – für ihre Direktheit, ihre Flexibilität und
ihren emotionalen Nuancenreichtum. Die Hilflosigkeit der
Schriftstellerin im Angesicht von Shakespeare brachte Virginia
Woolf wohl am besten auf den Punkt, als sie am 13. April
1930 in ihr Tagebuch schrieb: »Offenbar war sein Geist von
einer derart vollkommenen Geschmeidigkeit, dass er jeden
Gedankengang auf Hochglanz polieren konnte; & beim Entspannen dann einen Schauer solch unbeachteter Blüten fallen lässt. Warum sollte irgend jemand anderes dann noch zu
schreiben versuchen. Das ist gar kein ›Schreiben‹.«

Die Sekundärliteratur über Shakespeare von R. P. Black-
mur, William Empson und Ernest Sutherland Bates war mir
eine Inspiration und auch Helen Vendlers *The Art of Shakespeare's Sonnets*. Aus folgenden Werken durfte ich dankens-
werterweise zitieren:

• *Introduction to Shakespeare's Sonnets* von Katherine Duncan-Jones. Copyright © 1997 Katherine Duncan-Jones und
The Arden Shakespeare (Bloomsbury Publishing Plc.)

• Rumi: *Selected Poems* (Penguin Books 2004)

• *Between Men: English Literature and Male Homosocial*

Desire von Eve Kosofsky Sedgwick. Copyright © 1985, 2016 Columbia University Press

- »Shakespeare's Sonnets: Reading for Difference« von Helen Vendler, in: *Bulletin of the American Academy of Arts and Sciences*, Vol. 47, Nr. 6, März 1994. Copyright © 1994 The American Academy of Arts and Sciences.

Während des Schreibens und Feilens an diesem Buch wurde ich von vielen Menschen unterstützt und ermutigt, denen ich von Herzen danke: Tiffany Atkinson, Laura Joyce, Clare Connors, Philip Langeskov, Karen Schaller und Nonia Williams. Ich danke der Arts and Humanities Faculty der University of East Anglia, die mich während der Arbeit an diesem Roman als Doktorandin annahm. Ich danke Jon McGregor.

Ich danke meiner Agentin Tracy Bohan und der gesamten Wylie Agency. Meinen Lektorinnen Lettice Franklin und Mitzi Angel sowie allen bei Weidenfeld & Nicolson und Farrar, Strauss & Giroux. Ich danke Katrin Sorko, Silja Maehl, meiner Übersetzerin Eva Bonné und allen vom Blessing Verlag. Ich danke Emily Stokes, Lidija Haas, Amanda Gersten und der Zeitschrift *Paris Review*, die Abschnitte dieses Romans veröffentlicht hat.

Ich danke meinen ersten Leserinnen und Lesern: Al Bell, Anna Bryant, Pip Carter, Olivia Heal, Kasia Stringer-Ladds und Georgia Walker Churchman. Ich danke all meinen Lehrerinnen, Freunden und Kolleginnen ebenso wie Linda Street und Nando Messias und meinem geliebten Doug Evans.

Und vor allem danke ich meiner Familie, insbesondere Nicky Brown, Tony Brown und Lorna Williamson.